강미란 수필집

선우미디어 sunwoomedia

작가의 말

두 번째 수필집 ≪차경≫을 엮으며 보이지 않는 곳에서 애쓰고 있는 자신을 보았습니다. 우리는 더불어 살아가는 존재이기에 나와 다른 생각과 감정을 가지고 있는 타인에게 상처받거나, 상처를 주기도 합니다. 그 과정에서 생긴 상처를 메우고 새로운 의미를 발견하는 일은 행복한 삶을 이어가는 데 중요합니다.

그것은 '나'를 찾는 일로 시작되어야 합니다. 해내야 할 일이 많아 무거운 책임감이 주어지는 현실 속에서 '나'라는 존재의 이름 자리는 점점 없어지고 있습니다. 팍팍한 일상이 나를 뒤덮고 있어, 아니 어쩌면 무의식 속에 숨겨진 자신의 그림자가 드러나는 것이 두려워서 내면의 소리를 외면하고 사는지 모를 일입니다.

수필은 치유의 힘이 있습니다. 수필은 나를 찾아가는 길이고, 타인과 소통하는 통로입니다. 수필을 쓰며 현재의 '나'는 무의식 깊은 곳에 숨은 기억속에 '나'와 마주했습니다. 그동안 내 안에 생긴 삶의 옹이를 살피지 못했습니다. 수필을 쓰며 고백하는 시간은 깨달음에 이르러 새로운 삶의 희망을 품게 했습니다.

'차경借景'은 빌려 온 경치라는 의미입니다. 우리네 인생은 모두 빌려 쓰는 인생입니다. 빌려 온 풍경으로도 마음을 담고 비울 수 있습니다. 작품을 쓰는 동안 지난 삶의 기억을 빌려와 내면의 나를 만나 고백했습니다. 나를 수용하고, 공감하며, 위로받고, 용기를 주며 마음을 어루만져 주었습니다. '차경'은 내 삶을 치유받고 성장하고 성숙하게 만든 사유의 공간이었습니다.

독자들도 새로운 '나'를 만나는 곳으로 '차경'을 사용하면 좋겠습니다. 작가의 경험을 통한 삶의 풍경을 공감과 타자되기, 사랑과 감사, 용기와 희망, 위로와 이해, 관용과 용서, 유머와 카타르시스, 성찰과 의미발견으로 작품을 나누어 보았습니다. 작가의 삶의 서사 속에서 건져 올린 경험과 사유를 빌려 자기 삶 속으로 데리고 오면 좋겠습니다. 작가가 고백하고 깨달은 한 문장, 한 단어를 빌려 현실에서 부딪쳤던 문제들을 풀어내고, 앞으로 살아갈 날들을 위해 자신을 바라보는 여유 있는 시간을 가지면 좋겠습니다. 공감하고 싶은 이야기들이 있다면 그 시공간에 머물며 자신을 다독이며 치유 받는 시간이 되면 참 좋겠습니다.

2022년

강미란

차례

1. 공 감 과   타 자 되 기

2. 감사와 사랑

3. 용기와 희망

4. 위로와 이해

5. 관용과 용서

6. 유머와 카타르시스

7. 성찰과 의미발견

1

공감과 타자되기

설마

자동차 계기판에 주유 경고등이 깜빡인다. 이천 톨게이트 진입 직전이다. 주유 계기판의 막대는 0의 경계선 위에 있다. 수업 시간에 맞추어 가려면 빠듯한 시간이니 난감하다. 순간 '설마'라는 단어가 나를 유혹한다. 자동차에 경고등이 들어와도 얼마간 거리를 더 달릴 수 있다는 일반적 상식을 믿는다.

수업이 끝나고 청주로 내려가기 위해 시동을 걸었다. 경고등이 다시 깜빡였다. 기름을 넣고 출발할까 망설이다가 '설마' 하고 중부고속도로를 진입했다. 청주로 내려가는 길에 진천에서 지인과 약속이 있었다. 운전대 앞 계기판은 나를 향해 빨간 눈알을 깜빡거렸다. 불안감도 없지 않았지만, 첫 휴게소인 '음성휴게소까지는 괜찮겠지' 생각하며 속도를 냈다.

음성휴게소 진입을 얼마 앞두고 자동차가 서서히 동력을 잃기 시작했다. 액셀러레이터를 힘껏 밟아도 속도는 점점 떨어졌다. 자동차가 기력이 다하고 있었다. 우선 뒤에서 벌떼같이 질주하며 달려오는 차를 피해 갓길로 차선을 변경했다. 나는 간절히 기도했다.

'주여, 제발 이 마지막 남은 휘발유로 휴게소까지만 진입만 하게 하소서.'

다행히 음성휴게소 진입로 앞에서 차가 멈추었다. 깜빡이를 넣고 차에서 내려 주유소로 달렸다. 그런데 신은 내 편이 아니었다. 주유소가 공사로 문을 닫은 것이다. 할 수 없이 자동차 보험사에 긴급출동을 의뢰했다.

'설마가 사람 잡는다.'는 말이 있다. 자동차는 견인차에 매달리는 신세가 되고 말았다. 기사님은 가장 가까운 주유소까지 자동차를 견인해 주었다. 긴급 출동한 레커차에 탔다. 조수석에 앉은 나는 민망해 쥐구멍이라도 찾고 싶은 심정이었다. 사고도 아니고, 고장도 아니고, 기름을 제때 넣지 않아 생긴 일이니 말이다.

일상에서 '설마'가 남긴 교훈은 한두 가지가 아니다. 수많은 청소년의 목숨을 앗아간 세월호 사건 외에도 노동 현장에서, 화재 발생으로, 홍수에 대비하지 않아서, 산에 무심코 던진 담뱃불 등. '설마'가 낳은 인재는 수없이 많다. 친한 지인에게 돈을 빌려

주고 받지 못한 일도, '설마'라는 두 음절을 무한 신뢰하는 나의 근성 때문이다.

늦잠을 잤다. 가방을 허둥지둥 챙겨 집을 나섰다. '어!' 핸드폰을 가방에 넣었나? 잠시 망설이다 '설마' 하고 엘리베이터를 탔다. 설마 증후군이다. 설마가 정말이 되었다. 핸드폰은 얌전히 집을 지켰다. 온종일 불통의 하루였다. 약속 시간이 빠듯하게 출발한 적이 있다. 파란불이다. 앞에서 달리는 자동차의 흐름을 따라 달렸다. 사거리를 통과할 무렵 황색 불로 바뀌었다. 마음에 갈등이 생겼다. 갈까 말까 망설이던 나는 '설마' 하고 달리던 속도 그대로 진입했다. 며칠이 지났다. 우편함에 경찰서에서 보낸 신호 위반 고지서가 와 있었다. 벌점에 범칙금까지 냈다. 자칫하면 큰 사고로 이어질 수 있는 상황이 올 수도 있다. '설마'의 늪에서 벗어나야겠다는 결심을 했다.

평소에 긍정적인 마인드를 가진 나다. 그래서일까 '설마' 증후군이 단단히 몸에 배어 있다. '설마'는 우연이 일어날 상황의 확률을 축소해서 정당화시킨 오류다. 눈앞에 닥친 큰 문제들 앞에 사소한 일들은 지나치게 되고 무관심하다. '설마'는 불감증이다. '설마'는 자신만이 아니라 가족 그리고 타인의 삶에 피해를 줄 수 있는 무서운 존재임이 자명하다. 그런데도 '설마'의 유혹을 쉽게 벗어나지 못하는 일상이다. '설마'의 전제가 바늘구멍 같은 확률이라 할지라도 그 일이 일어날 상황은 존재한다는 것을 잊어서는 안 된다. 유비무환은 아닐지라도 뻔히 일어날 일에 무관심하지는 말아야지, 되뇌어 본다.

허드레 공간

어린 시절 살던 집에 벽장이 있었다. 숨바꼭질할 때 쉽게 들통이 날 것이 분명하지만 그곳은 내가 보이지 않을 가장 안전한 곳이었다. 다락이 있는 집에도 한동안 살았다. 그곳은 어머니의 보물창고였다. 어머니는 다락에서 수시로 무언가를 가지고 나오셨다. 다락문을 열면 그곳에서 사탕도 나오고, 곶감도 나오고, 강정도 나왔다. 평소에 보지 못했던 많은 것들이 숨어 있는 비밀장소였다. 다락은 추억의 상자였다. 이사를 할 때면 그곳에서 꾸역꾸역 뭔가가 끝없이 밀려 나온다. 오빠들이랑 지난 앨범을 뒤적이거나, 앞뒤가 맞지 않는 문장이 수두룩한 비밀일기장을 보며 키득거리며 웃는 재미도 있다.

옛집은 허드레 물건들을 보관할 공간이 많다. 마당에서 쓰이는 물건들을 사용한 후 던져두는 마루 밑도 그렇고, 어쩌다 한 번씩 사용하는 그릇과 채반을 올려 두는 시렁(선반), 둘 곳이 마땅찮은 부엌살림을 모아 두는 벽장이나 곳간도 있다. 그러나 현대의 건축물은 여유 공간이 없다. 한 평이라도 넓게 보이려고 확장하다 보니 있어도 그만 없어도 그만인 허드레 공간이 없다. 살림을 살다 보면 이것저것 필요한 것들이 많다. 꼭 필요하지는 않지만 한 번씩 사용해야 하는 물건을 넣어 두는 허드레 공간이 필요한 셈이다.

베란다는 허드레 공간이다. 빨래도 널고, 정원도 대신하고, 작은 텃밭도 된다. 예전엔 김장철이면 김치 재료를 다듬고 배추를 절여 김치를 버무리는 없어서는 안 될 요긴한 공간이었다. 비가 오는 날이면 문을 열지 못해 답답하다. 거실을 넓히느라 베란다를 튼 탓이다. 거실을 넓게 사용해 좋은 점이 있지만 허드레 공간이 없어져 불편함도 만만치 않다.

마음의 영역에도 허드레 공간이 필요하다. 묵언수행을 하던 수도자들이 단체로 병이 난 적이 있다고 한다. 새로 부임한 원장이 소리 내어 기도하지 못하게 했다. 내면의 소리를 밖으로 내지 못해 생긴 병이다. 때로는 심리적 숨쉬기가 필요하다. 마음의 여백은 허드레 공간이다. 내 삶이 순환되는 통로이다. 숨 가쁜 삶 속에서도 잠시의 여유의 시간이 필요하다. 음악을 들을 때 오디오의 출력을 최대로 하기보다는 적당하게 들을 때 가장 편안한 소리로 들린다고 한다. 마음이 빠듯하면 자기 역량을 최대한 발휘하지 못하는 것과 마찬가지가 아닐까 싶다.

나의 일상은 빈틈이 없다. 멀티형 인간으로 산다. 신호등이 빨간색으로 바뀌면 룸 밀러를 보며 화장한다. 일정이 빠듯한 날은 차 안에서 빵과 커피로 한 끼 식사를 대신한다. 음식을 만들 때 가스레인지 4구를 동시에 활용하여 시간을 줄인다. 밥을 먹으며 미처 보지 못한 책과 신문을 뒤적거린다. 산을 오르며 스마트폰으로 유익한 강의 듣는다. 심지어 가족과 함께하는 여행길에도 항상 읽을거리를 들고 나선다.

완벽함의 추구가 잘 사는 삶이 아니다. 마음에도 허술하고 비어 있는 공간 하나쯤은 두어야 한다. 마음의 허드레 공간에 숨가쁜 일상을 넣어본다. 세상사 마음먹기 나름이라 한다. 내 삶에서 무엇을 빼고 무엇을 더해야 할까 생각해 본다. 불필요한 감정을 덜어내고, 걱정과 우려는 미래의 몫으로 넘긴다. 그만큼의 허드레 공간이 생긴다.

가까운 문우 K 선생님에게 함께 여행을 떠나자는 문자 메시지를 넣었다. 선생님은 바쁜 일상을 접어두고 흔쾌히 동행하겠다고 했다. 특별히 권하고 싶은 곳이 있단다. 서해가 보이는 펜션이다. 텅 빈 갯벌이 보이고, 테마가 있는 정원, 솔잎 사이로 비치는 석양이 아름다운 곳이라 했다. 두 사람은 복잡한 일상을 마음의 허드레 공간에 넣고 서해로 향했다.

합방合邦

합방일을 정했다. 무술년 섣달 초사흘 진시辰時다. 합방 장소도 세심한 주의를 기울인다. 신방을 꾸미며 삿된 기운이 들지 않도록 정성을 다한다. 우선 숙지황 달인 물로 나쁜 기운을 씻어내고 몸을 정갈히 매만진다. 방의 울퉁불퉁한 윗부분에 쪽문도 낸다. 방 안 가득 채워진 속을 말끔히 비우고 그들을 맞이할 준비를 마친다. 합방할 주인은 백작약과 황기 등 열두 약재이고, 장소는 댕유자 속이다.

몸이 예전과 다르다. 쉬이 피로하고 나른하며 간간이 가슴이 답답한 증상이 느껴진다. 어지럼증에다 피부까지 거칠다. 더운 날씨 탓이라 여기지만 내심 걱정스러운 마음은 가시지 않는다. 그동안 건강은 누구보다 자신하던 내가 아닌가. 이런저런 생각 끝에 몸에 좋은 것을 챙겨 먹어야겠다는 생각에 다다른다.

한 지인이 雙和湯을 권한다. 雙和湯雙和湯의 '雙'은 기와 혈, 음과 양을 일컬으며 '和'는 조화, 음양과 기혈, 둘을 치우침이 없도록 평형을 이루는 처방이다. 약제 시장에서도 쌍화탕은 기와 혈에 좋은 약제를 합방한 처방이란다. 약재의 성미를 살펴 합방할 열두 약제를 간택한다.

합방의 이유는 분명히 있으리라. 음과 양의 기운이 합방하는 것은 자연의 섭리고 우주의 이치다. 남자와 여자가 하나가 되어 아이를 낳는다. 천지자연 또한 우주적 합방으로 천지 만물의 씨눈을 잉태한다. 그러나 합방도 나름이 아닌가.

우리 부부는 지인의 소개로 만나 삼 개월 만에 결혼식을 올렸다. 남편의 성격도, 살아온 환경도 제대로 모른 채 부부가 된 격이다. 처음엔 합방은 하되 진정한 하나는 아니었다. 하지만 오래도록 부부의 연을 맺고 있으니 그 또한 음양의 조화가 아닌가 싶다.

모든 사물은 고유의 특성이 있고 제각기 쓰임이 다르다. 합방은 약재 고유의 성질을 변화시킨다. 자연에서 채취한 약재의 야생성을 길들여 몸에 좋은 약재가 되기 위해서다. 각각 특성은 살리되, 제 몸의 독성을 버리고 약성을 끌어올린다. 사람도 마찬가지다. 서로 다름을 인정하며 하나가 되는 것이 진정한 만남이리라.

약제를 한날한시에 댕유자 속에 넣는다. 성미가 다르니, 무사히 합방하기를 바라며 명주실로 정성껏 동여맨다. 드디어 첫날밤이다. 그들을 열기가 오른 솥에 들여보낸다. 몸이 달아오르며 열두 약재가 하나로 합한다. 어둠 속에서 몸을 포갠 채 서로를 다룬다. 마치 신혼부부가 백옥 같은 속살을 맞대고 이불 속에서 엎치락뒤치락 장단을 맞추는 듯 들썩인다. 육신과 온 마음을 넘나든다. 그들의 행위는 날이 새는 줄도 모르고 이합, 삼합으로 거듭난다. 댕유자 쌍화탕을 만들기 위한 합방의 모습이다.

댕유자 쌍화탕은 인간과 다르게 보름 밤낮을 합방한다. 이 기간 내내 첫날밤 신랑·신부를 훔쳐보듯 그들의 행위에 눈을 떼지 않는다. 부부가 서로를 맞추느라 티격태격하듯, 약재는 합방을 통해 서로를 다스린다. 음은 양으로, 양은 음의 기운으로 파고들어 적재적소로 찾아든다. 몇 주가 지나니 주황빛 댕유자는 열두 가지 약재가 완전한 하나로 까만 덩어리로의 변신이다.

남편과 합방을 한 지도 어언 삼십 년이다. 사람들은 자신의 이상향을 만나 결혼하기를 희망한다. 그러나 모르는 사람이 만나 화합하여 사는 것이 어디 쉬운 일인가. 우리 부부도 서로 타고난 성격이 다르다. 생각과 관심사도 제각각이다. 일에 대처하는 방식도 차이가 있다. 좋아하는 음식도 정반대. 심지어 차를 마셔도 찻물의 온도가 다르고 반응이 각기 다르다. 아니 다른 정도가 아니라 모든 것이 거의 정반대인 사람과 같이 살고 있다.

이 정도면 충돌이 일어나 헤어져도 벌써 헤어질 만도 하다. 그러나 실상은 그렇지 않다. 더러는 따로 걷는 듯싶으나 둘은 극단의 건너지 못할 강을 건너진 않는다. 흔히 하는 얘기로 성격이 같으면 살기 어렵다고 한다. 우리는 달라서 잘 사는 모양이다. 우주 만물이 존재할 수 있는 근원은 중화의 원리 때문이리라. 이젠 눈빛과 몸짓, 심지어 언어의 높낮이에서도 서로의 감정을 읽는다. 음이 극에 이르면 양으로, 양이 극에 이르면 음으로 변하듯 이해와 배려로 중화되었으리라.

음과 양은 치우침이 없다. 세상 만물은 상호 대립하는 형상으로 보이나 균형과 조화를 이루며 돌고 돈다. 하늘과 땅, 물과 불, 밤과 낮, 닫힌 것과 열린 것, 나아가 부부관계도 그러하다. 각양각색의 삶이다. 해가 떠서 지는 동안 양지가 음지가 되고 음지가 양지가 되는 것을 인생사에 비유한다. 천지자연의 이치에 견주면 어떠한 삶도 옳다 그르다 할 순 없으리라. 음양과 기혈이 쌍으로 조화로워야 건강한 몸이 되듯, 서로 유기적 관계 속에 조화를 이루기 마련이다.

부부는 둘이면서 하나이다. 에릭 프롬은 "진정한 사랑은 하나가 되면서도 둘로 남아 있는 상태이어야 한다."라고 말한다. 나는 지금껏 남편이 내 뜻대로 살아주기만 원했는지 모른다. 남편의 의중을 헤아리기보다 내 마음만 채우기에 급급한 삶은 아니었던가. 행복의 무게를 내 삶에만 기울여 놓고 그것이 행복한 삶이라 여겼으리라. 어느 한쪽이 일방적으로 원하는 것은 속박이고 집착이 아니던가. 진정한 부부는 함께 이뤄 가는 쌍화의 관계인 걸 미처 깨닫지 못했다.

올여름은 극심한 무더위로 남편은 안방에서 나는 거실에서 각방을 썼다. 잠자리를 따로 하여 둘 다 비실거렸던가. 둘의 몸을 보하고자 댕유자 쌍화탕 한 알을 꺼낸다. 흰 명주실을 푸니 온몸이 동여맨 자국이다. 상대의 부족한 기운을 보한 흔적이자 인내의 상흔이다. 우리 부부도 그리 살아왔으리라. 그동안 기다려주고 참고 이해하려, 밀고 당기느라 상처 난 마음이 현재의 삶으로 이끌었으리라.

돌덩이처럼 뭉쳐진 새까만 몸을 부순다. 합방했던 약제는 물속에서 거침없이 몸을 푼다. 안방으로 들어가 대추 몇 알을 넣고 끓여낸 쌍화탕을 한 잔씩 나눠 마신다. 맑은 기운이 온몸으로 퍼지는 듯하다. 이것이 바로 음과 양의 조화요. 기와 혈의 쌍보雙補이리라. 육신의 끝자락까지 조화의 기운이 퍼지니 몸의 부침이 어느새 사라져 기운이 솟는 듯하다.

부부란 마주 보는 거울이라고 했던가. 남편의 얼굴에 깊은 주름이 눈에 들어온다. 지아비로서 무거운 짐을 지고 살아왔으리

라. 그 주름이 삶의 애환으로 느껴져 내게로 전해진다. 남편은 내 마음이 기거할 보금자리니 내 삶의 안식처이다. 그런 마음이 남편의 가슴으로도 스며들리라. 저물녘 안방에 이부자리를 편다. 합방이 다시 시작되는 날이다. 스산해지니 어디선가 귀뚜라미 소리가 들려온다.

막간幕間

나의 일상은 틈이 없다. 24시간, 정해진 프레임 안에서 쳇바퀴 돌 듯 삶이 반복된다. 그 틀을 벗어나기가 쉽지 않다. 그곳에서 일탈한 시간은 오롯이 다시 내가 채워야 할 몫으로 돌아오리라는 두려움 때문이다.

뮤지컬 요덕스토리를 보러 남편과 서울 국립극장에 간 적이 있다. 1막이 끝나고 휴식 시간이 주어졌다. 막간의 시간이다. '막간'이라는 말은 '막과 막 사이'라는 뜻이다. 사람들은 잠시 화장실을 다녀오던지 함께 온 사람들과 뮤지컬 내용이나 사소한 이야기를 나누며 다음 막을 기다렸다.

친구의 남편이 시립교향악단원이라 공연에 초청된 적이 있었다. 막간의 시간에 잠시 인사를 나누려고 분장실을 찾았다. 평소에 관객들이 휴식과 함께 공연의 감동을 하고 있을 때, 무대 뒤에서는 어떤 일이 벌어질까 궁금했던 참이다. 인사도 할 겸 분장실로 갔다. 그곳에선 막간의 시간 동안 누군가는 휴식을 취하고 있고, 누군가는 자신의 옷매무새를 다듬고, 또 누군가는 다음 연주할 곡들을 점검하고, 누군가는 휴식 이후 진행 상황을 전달하기도 했다.

막간의 시간은 준비와 휴식의 시간이다. 다음 막에서 최고의 컨디션으로 공연할 수 있도록 에너지를 얻는 시간이다. 축구 경기를 보면 전반전과 후반전 막간의 시간 동안 선수들이 휴식하고 전략을 정비한다. 막간의 시간은 새로운 것을 시작할 때, 더욱더 나은 길로 나가려는 순간에 에너지가 되는 셈이다.

요즈음 공연에서 막간의 시간은 화장실을 다녀올 정도의 시간이다. 하지만, 예전에는 연극이나 오페라를 공연할 때, 막과 막 사이에 가벼운 '여흥의 시간'이었다. 공연장 로비에서는 관객들이 지루하지 않도록 간단한 희극이나 퍼포먼스도 하고, 전시회도 열리고, 간단한 식사를 하거나 샴페인과 와인도 마셨다고 한다.

막과 막 사이에 넣는 막간극이나 간주곡을 '인테르메조'라고 한다. '오랜 시간 오페라 공연을 보는 관객들의 지루함을 막기 위해' 짧은 촌극을 무대에 올렸다고 한다. 결국 오페라의 일부분이었던 막간극이 원래의 오페라를 역전시키고 새로운 장르로 자리 잡게 된 셈이다.

우리 삶에도 '인테르메조'의 시간이 있다. 반전의 시간이다. 삶의 의욕이 없어 무기력해지거나 새로운 길을 가는 것에 두려움이 있다면, 삶의 반전을 꿈꾸어 보아야 한다. 오페라 일부분이었던 막간극이 하나의 장르로 탄생한 것처럼 우리 삶의 인테르메조(Intermezzo)는 인생의 새로운 방향을 제시할 것이다.

일상에도 인테르메조가 있다. 주마다 돌아오는 휴일이 그렇고, 고된 하루를 끝낸 퇴근 이후의 시간이 그렇다. 혼자 떠나는 여행도, 책 속에서 만난 지혜도, 인생의 '인테르메조'라 할 수 있다. 정재찬 시인은 '인생은 뜻대로 살아지지 않는다. 그러나 그게 더 낫다.'고 말했다. 뜻대로 되지 않기에 우리에게 반전의 기회가 주어진다. '지금 잘나가는 사람이 나중에 크게 쇠락할 수 있고, 지금 나락에 빠진 사람이 크게 번성할 수 있다.'고 한다. 내게 주어진 삶을 받아들이고 그 속에서 반전의 기회를 찾는다면 오히려 더 나은 삶이 내게로 올지 모른다.

내 삶의 무대에서도 반전의 시간이 있었다. 내 인생 그래프에 그려진 변곡점들은 '인테르메조'의 시간이었다. 한 남자의 아내가 된 순간도, 내 아이들의 엄마가 된 것도 내 삶의 반전 시간이었다. 유치원 원장에서 논술 교사로, 입시 진로 컨설팅과 학습 코칭 전문가로, 문학 심리상담사로 내 인생의 무대에서 막간의 시간에 새로운 공연은 이어졌다.

〈피가로의 결혼〉과 〈세비야의 이발사〉가 막간극에서 오페라 부파로 탄생되었다 한다. 오페라의 일부분이었던 막간극이 새로운 장르로 탄생했듯이, 내 인생의 '인테르메조(Intermezzo)'는 내 삶을 반전시키며 나의 존재 이유와 삶의 의미를 더하리라.

화성인과 금성인

뿌리는 각기 독립되었으나 두 나무의 가지가 엉켜 한 나무가 되는 것이 연리지連理枝이다. 연리지를 부부간의 관계에서 가져야 할 덕목에 비유하기도 한다. 부부란 홀로 독립되어 존재하는 것이 아니라 서로 상호 의존하는 관계이다. 상대를 바꾸려 애쓰기보다 서로를 받아들여 사는 것이 진정한 부부가 아닌가 싶다.

존 그레이의 ≪화성에서 온 남자, 금성에서 온 여자≫라는 책을 읽은 적이 있다. 달라도 너무 다른 우리 부부가 가끔 읽어 두어야 할 기본서가 있다면 이 책만 한 것이 없다는 생각이 든다. 남녀의 언어만 아니라 상대의 마음을 알고 행동을 이해하기 위한 최고의 책이다.

우리 부부는 화성에서 온 남편과 금성에서 온 내가 지구에서 함께 산다. 우리는 만난 지 99일 만에 결혼했다. 부부는 반대로 만나야 잘 산다는 말을 철석같이 믿었다. 자신의 부족한 부분이 상대의 장점이 된다는 찰떡궁합의 논리를 믿어 의심하지 않고 백년가약을 맺었다.

시간이 흐를수록 두 행성인은 서서히 충돌했다. 서로 다른 별에서 온 우리는 서로 다른 언어를 사용했다. 지구에 사는 우리는 언제나 자기 행성 언어만 옳다고 여겼다. 의미 전달이 제대로 안 되니 서로의 마음과는 다른 생각이 전해졌다.

화성인이 퇴근한다. 평상시와 다르게 말이 없다.

"무슨 문제 있어요?" 금성인이 묻는다. "아니." 화성인이 대답한다. 금성인은 마음속으로 '내가 당신을 도울 수 있을지도 모른다고요. 그러니 얼른 말을 해요.'라고 외친다. 나는 어떤 문제가 생기면 남편과 의논하여 함께 해결하려고 하는 편이고, 남편은 내가 걱정할 것을 염려해서 혼자 문제를 해결하려고 한다. 가끔 금성인이 화성인에게 아프다고 말한다. 그 말을 들은 화성인은 "얼른 들어가서 자요."라고 처방을 내린다. 금성인은 화성인의 시시콜콜하고 세심한 관심을 원한다. 화성인은 그 마음을 읽지 못한다.

결혼 후 얼마간 남편은 집안 대소사를 일일이 알려 주지 않으면 기억하지 못했다. 내 생일을 지나친 적이 있다. 나중에 사실을 알게 된 금성인이 내게 한 말이다. "너무 바빠서 몰랐는데 미리 알려 주지." 나는 그 후로 방법을 바꾸었다. 생일 한 달 전부터 달력에 빨간 색연필로 동그라미를 그려 두고 별표까지 했다. 휴대폰에 날짜와 필요한 선물까지 사전 공지했다. 화성인과 살면서 금성인이 터득한 삶의 지혜이다. 말을 안 하고 그냥 지나쳐 서운한 것보다 약간은 치사하지만 대접받는 생일이 오히려 기분이 좋다.

화성인과 금성인은 똑같은 바다를 바라보아도 생각이 다르다. 나는 아주 세심하고 감수성이 예민한 사람이고, 그는 수월하고 무미건조한 사람이다. 쇼핑 스타일도 다르다. 화성인 남편은 가격과 관계없이 목록대로 딱 살 것만 사고 나오지만, 금성인은 가격 대비 품질과 디자인까지 비교하고서야 구입한다. 커피를 마시는 스타일도 다르다. 금성인은 따끈따끈한 커피를 타서 책을 읽거나 음악을 들으며 마신다. 반면에 뜨거운 음식을 싫어하는 남편은 커피가 다 식기를 기다렸다가 훌쩍 마시는 멋없는 남자다.

그렇다고 화성인이 마냥 싫은 것도 아니다. 외출하면 화성인은 집 안 구석구석 최종 점검을 하고 자기 행성을 빠져나온다. 지구의 한구석인 우리 집안이 안전한 이유도 화성인 덕분이다. 금성인은 겁이 없다. '하면 된다.'는 생각으로 자꾸 새로운 일을 벌인다. 수습은 모두 화성인의 몫이다. 남편이란 제어장치가 있어 위험 요소가 줄어드니 그나마 다행이다. 세상에 한 가지 색깔만 있다면 얼마나 지루하고 재미없을까. 하얀색은 검은색과 함께 있으면 더욱 도드라진다. 배색을 잘 맞추면 색깔이 더욱 돋보이고 아름답다. 화성인과 금성인도 그렇게 위로하며 산다.

화성에서 온 남자와 금성에서 온 여자가 지구에서 산 세월이 어언 30년이 넘었다. 그동안 삐걱삐걱 소리도 여러 번 났다. 하지만 우리 부부가 맞춰가며 살아 온 것은 서로에게 고마운 마음을 간직하고 있기 때문이다. 이제 화성인도 금성인도 아닌 지구인으로 정착했다.

화성인과 금성인이 지구에 터를 잡고 사는 동안 신종 언어는 계속 생겨날지 모른다. '나이가 들수록 더 고집스럽고, 화도 잘 내고, 남의 말을 들으려 하지 않는다.'고 한다. 시시각각 변하는 마음을 누가 알겠는가. 알면서도 모르는 척 그러려니 하고 살아보는 거다. 서로 다름을 인정해야 '쿨'하게 살 수 있다. 그것이 지구에서 뿌리를 내리고 영원히 행복하게 사는 방법일 테니까.

차경借景

유희遊戱의 공간이다. 작가는 '파고다 가구' 공장을 재생한 건축물에 중국 장가계의 청록산수를 가져온 것인가. 번잡한 일상 속 찾은 놀이가 가산假山으로 자리한 것이다. 다양한 나무와 풀, 계곡과 폭포도 보인다. 산속에 친구도 있고 익명의 누구도 있다. 그들이 작은 로프에 의지해 산수 유람을 하고 있다. 그 속에 나 자신을 투영하여 한동안 노닌다. 시공간을 초월한 공간은 바로 이천 미술관이다.

일정이 없는 수요일이면 이천미술관 카페를 찾는다. 오늘은 '차경借景'이란 주제에 이끌려 발길이 미술관 쪽으로 닿는다. 이 곳은 확 트인 유리창 너머의 풍경을 그대로 담아 올 수 있다. 무엇보다 차도 마시고 좋은 작품도 관람할 수 있으니 일거양득이다.

창 너머로 풍경이 제각각 펼쳐진다. 작가는 제월당 정원의 매화나무를 옮겨 놓은 듯싶다. 나뭇결 위에 단청을 칠하고 자개를 붙인 나전칠기 방식이다. 마치 대청마루에 앉아 고고한 매화를 바라보는 것 같다. 다음 작품은 '경부선'이다. 두 개의 서로 분리된 공간이 다른 매체로 마치 하나의 공간처럼 존재한다. 기차 실내의 창문은 사진으로 찍어 정지된 이미지이고, 창밖 풍경은 영상으로 제작하여 결합한 작품이다. 관람객은 그 열차에 올라 목적지도 모른 채 창밖 풍경에 매료된다. 잠시 그 풍경에 머물렀을 뿐인데 기차를 탄 듯하다. 사람의 인식은 언제든지 시공간을 넘나들 수 있다는 생각에 다다른다.

미술관을 나와 카페로 들어선다. 차를 마시며 빌려 온 풍경의 의미를 곱씹는다. 차경은 '빌려온 풍경'이다. 출입문과 창문은 하나의 액자가 된다. 안에서 밖을 내다보면 그림 같은 풍경이 펼쳐진다. 설봉산 자락이 보이고, 바람 따라 흔들리는 소나무 한 그루도 보인다. 차경은 소유권이 없다. 자연의 경치를 잠시 빌리는 것뿐, 현실 속 풍경을 모티브로 상상력을 더한 것이다. 차경은 현실과 가상의 모호한 경계를 넘는다. 모든 삶의 구속에서 탈피하는 정점이고, 자신의 사유가 극대화된 곳이다.

선인은 차경을 중요하게 사용했다. 한옥의 창과 문을 액자처럼 활용하여 밖의 경치를 감상했다. 조선 시대 유학자인 희재 이언적이 계곡 깊숙한 곳에 지은 집, 독락당의 살창은 내가 보았던 가장 멋진 차경 중 하나이다. 사랑채에서 정면으로 보이는 외벽에 담을 뚫고 창을 설치하여 경치를 담았다. 아마도 이언적은 독락당 옆으로 흐르는 계곡의 경치를 빌려와 걱정과 근심을 씻고, 마음을 다스리는 통로로 여기고 싶었던 것은 아닐까 싶다.

한옥의 정원에서도 '차경'이라는 요소를 매우 중히 여겼다. 담양의 소쇄원과 명옥헌의 풍경이 그것이다. 집안만이 아니라 담 너머 무한의 차경을 사용한 흔적이 있다. 선비들의 시선은 담장을 넘어 풀숲을 가로지른다. 동구 밖 산 너머까지도 정원의 개념에 포함해 경물景物이 되게 하는 지혜에 감탄하지 않을 수 없다.

내 앞에 여덟 폭 병풍처럼 산수화가 펼쳐진다. 현실의 경계를 넘어선다. 창 너머 사방이 온통 푸르른 수목이다. 카페는 한쪽 벽면을 제외하고 천정까지 유리로 덮여 있다. 맑은 하늘도, 새털구름도, 날아다니는 새와 곤충들도, 얼마든지 빌려 올 수 있는 공간이다. 창가 블라인드 사이로 풍경이 새어 나온다. 마치 대나무 숲 너머 보이는 보일 듯 말 듯 한 경관과 흡사하다. 옛 선비들에게 대나무 숲은 사색의 공간이다. 주변의 경관을 차단하고 생각도 차단하여 오로지 내가 데려오고 싶은 경치만 빌려 오는 곳이다. 나도 블라인드 틈 사이로 풍경을 데려온다. 소나무 옆 파라솔 벤치, 그 너머 월전 선생을 기려 달의 형상을 본떠 만든 광장이 근경으로 들어온다. 저 멀리 사방으로 둘러쳐진 설봉산의 허리는 어디로 베어나간 것일까. 산봉우리만 살짝 고개를 내밀고 있다.

우리는 왜 풍경을 빌려오는 것일까. 인간은 누구나 머물고 싶은 곳이 있다. 그래서 현실 벗어나고자 늘 대안의 세계를 꿈꾸며 사는지 모른다. 옛 선인들도 자신이 꿈꾸던 이상향을 산수화로 그렸으리라. 소상팔경瀟湘八景은 빼어난 절경을 데려오고, 무이구곡武夷九曲은 현인이 노닐던 중국 무이산 아홉 굽이의 자연경관을 빌려온다. 또한 도연명의 무릉도원도 현실에 존재하지 않는 '도원桃源'이라는 낙원을 차경한다. 꿈에서라도 내 마음의 안식처에 닿고자 자연에서 빌려온다. 그러니 차경은 마음의 눈으로 그린 것이라 여겨도 무리가 아닐 듯싶다.

나의 시야를 카페 내부 공간의 창틀에 한정된 프레임으로 제한한다. 그리고 한 편의 산수화를 그린다. 미술관 카페가 산속의 정자가 된다. 그곳에 앉아 차를 마시고 글을 쓰며 내면의 세계로 빠져든다. 카페 안에 흐르는 클래식 음악은 퉁소 소리가 되고, 에어컨에서 품어 나오는 바람은 심심산골에서 만날 수 있는 바람이 되어 온몸을 휘감는다. 이내 무릉도원에 머무는 듯하다. 카페 창밖의 높고 낮은 곳의 경물도 차경한다. 늘 푸른 소나무, 치맛자락처럼 펼쳐진 설봉산, 무심한 듯 흐르는 구름, 그 위를 나는 새 몇 마리, 그리고 설봉호수에서 노니는 물고기까지 모두 빌려온다. 잠시나마 빌려 온 풍경으로도 마음을 담고 비우기도 하니 아마도 차경은 나를 담은 그릇인지도 모른다.

우리네 인생도 빌려온 생명이지 않던가. 내 것이라고는 보이지 않는 영혼뿐이다. 생명이 끝나면 다 두고 갈 뿐 모두 빌려 쓰는 인생이다. 생명의 시작도 어미의 자궁을 빌려 태어난다. 초록의 향연을 누리고 맑은 공기와 물을 마시는 것도 대자연을 빌려 쓰는 것이다. 누군가의 도움을 받으면 배려를 빌려 쓰는 것이고, 타인에게 따뜻한 말을 건네받으면 사랑을 빌려 쓰는 것이다. 결국 차경처럼 빚진 생으로 공생 공존하며 행복을 영위하는지 모른다.

내가 빌려 온 경관에 따라 내 마음에 걸린 액자의 풍경은 다르다. 행복의 질이 다르고 삶의 풍요로움도 다르게 다가온다. 잠시나마 차경으로 복잡한 삶의 굴레를 벗어난다. 일상의 안식을 누릴 삶의 이상향의 풍경을 빌려 와 즐겁다면 그 또한 행복이 아닌가. 분주한 삶도, 현실의 쓸모없는 욕심도 차경으로 충분히 내 삶의 에너지가 될 터이다.

기억하는 손

'생각하는 손'이 상상력을 발현한다. '세계 거장의 손'이 빚어 낸 작품 앞에 선다. 격렬한 감정과 흥분을 감출 수 없다. 단순히 도자예술의 기능이 아니다. 미적인 표현을 가능하게 하는 매개체가 손이라는 생각에 잡힌다.

세계도자센터 전시장에는 손으로 만들어 낸 다양한 창조물이 가득하다. 피터 볼커스의 작품 〈펜린〉이다. 잘리고 뜯긴 조각과 이어 붙인 흔적이다. 균열과 파손, 파편과 조합의 요소를 더해 사색적이며 생동감 넘친다. 마릴린 레빈의 〈페기의 상의〉는 가죽 재킷을 흙으로 재현했다. 누군가 오랜 세월 입은 듯하다. 그 밖에도 디자이너와 명장의 협업을 이루는 다양한 작품이 손의 기록으로 이곳에 있다.

손은 신체 일부만이 아니다. 어떤 행위를 하기 전에 몸이 미리 준비하는 것은 아닐까 생각이 든다. 작가는 흙으로 작품을 빚기 전에 먼저 눈으로 보고 손으로 준비한다. 분명 손이 기억한 것이다. 손의 혈관을 통해 느껴지는 감각이 손이 기억하는 원동력이 아닐까 싶다.

오늘 하루 내가 가장 많이 사용한 신체 부위는 아마도 손이었을 것이다. 손이 있었기에 우리는 지금의 문명을 이어왔는지 모른다. 인간은 직립 보행하면서 자유로운 손으로 도구를 이용했다. 근육은 손의 19개의 뼈와 관절을 움직여 사물을 잡거나 감정을 표현하는 수단으로 사용하기도 한다. 손은 우리가 무언가를 감지하고 그것을 표현하기 위해 필요한 존재다. 사람은 물건을 시각적으로 인식할 때부터 손으로 물건을 잡으려 했다. 엄지손가락과 나머지 네 개의 손가락은 마주 보고 손재간을 부렸다. 그래서 손으로 도구를 만들었고 그 과정에서 두뇌를 사용했다.

일상의 대부분은 손을 통해 소화한다. 하지만 인간은 손을 단순히 머리로부터 전달받은 정보를 처리하는 맹목적인 대상으로 여긴다. 전시장엔 손의 기록, 인간과 서사, 흙과 신체의 교차에 대한 주제로 다양한 작품이 전시되어 있었다. 작품을 감상하며 처음엔 단순한 조형물로만 인식했다. 전시장을 둘러보며 손은 상상력을 현실화시키는 도구가 아니냐는 생각에 이르렀다. 머리만 기억하는 것이 아니다. 손도 기억할 수 있다는 생각의 전환이 더욱더 나를 작품 속으로 빨려들게 했다.

손이 기억하는 세계가 있다. 기억한다는 것은 생각한다는 것이다. 한방 꽃차를 배운 적이 있다. 처음엔 꽃차를 덖으며 머리로 따라 하려고 애썼다. 만드는 순서를 놓치지 않으려고 꼼꼼히 기록하고 사진도 찍었다. 그런데 막상 집에 돌아오면 도무지 생각이 나지 않는다. 꽃을 덖으며 수없이 실패했다. 차는 온도가 핵심이다. 결국 손끝의 감각을 익히는 것이 중요했다. 잠시만 손을 멈추거나 한눈을 팔면 찻잎이 타버린다. 찻잎을 덖으면서도 순간순간 불의 세기를 조절하며 찻잎에 딱 맞는 온도를 찾아야 한다. 시간이 흐를수록 내 손은 조금씩 기억하기 시작했다. 손은 애쓰지 않아도 꽃에 따라 덖는 온도를 달리 감지하여 고유의 향을 잡았다.

손이 기억하는 세계는 대부분 무의식의 영역이다. 무심코 행하는 행위 너머에는 의식을 통해 만들어진 무의식의 세계가 존재한다. 종종 현관문 잠금장치의 비밀번호를 잊고 당황하는 적이 있지만, 어느새 손이 저절로 번호를 누르는 것을 발견한다. 컴퓨터 자판을 두드릴 때 글자와 부호를 의식하지 않아도 무의식적으로 글자를 만든다. 자판에 손이 기억하는 세계가 있는 까닭이다. 밥을 먹기 위해 수저를 들고, 글을 쓸 때 펜을 쥔다. 손이 알아서 옷을 내 몸에 입혀 준다. 손은 어떻게 움직일 것인가

의미를 부여하지 않는다. 이미 기억해 둔 것을 생각해 낼 뿐이다.

기억이 만든 세계가 우리의 삶이라면 그 기억의 대부분을 사용하는 것은 손을 통해서다. 생각한 것을 현실에 구체화하는 것은 손을 통해서만 가능하다. 어린 시절 비행기를 접어 날리고, 배를 만들어 물에 띄우고, 친구와 공기놀이하던 손이었다. 무엇이든 고치시던 아버지의 손이 있었고, 요리와 바느질을 하며 가족을 어루만지던 어머니의 손이 있었다.

손으로 세우려는 삶이 현재의 시간 안에서 꿈틀거린다. 봉사하는 손, 노동자의 손, 예술가의 손, 장인의 손이 그런 손이다. 그러나 문명의 이기로 손이 기억하는 세계가 줄어들고 있다. 영국의 사회학자 리처드 세넷은 '오늘날 현대문명은 스스로 생각하는 손을 잃어버리고 있다.'고 말한다. 손은 사물을 감지하고 자신의 정서를 표현하며, 상상력을 증강한다. 움직이는 것을 넘어 내면의 세계를 외부 세계에 표현하는 역할을 한다. 우리는 그런 손을 잃어버리지 않아야 한다.

옥상에서 촘촘히 자리 잡은 삶의 자리들을 바라본다. 풍경을 머릿속으로 그린다. 각자의 자리에서 손으로 무언가를 하고 있다. 어느 부부는 짧고 마디진 손끝으로 인생을 다듬고 어루만지며 삶의 결을 만든다. 꼬물꼬물한 아가 손은 무언가를 쥐려고 손짓한다. 농부의 손은 씨를 뿌려 생명을 틔운다. 어머니의 손은 자식을 키우느라 바삐 움직인다. 스승의 손길은 희망이 된다. 의사의 손은 생명을 부활시킨다. 모두가 세상을 밝히는 기억의 손이다.

내 손을 들여다본다. 아기 손처럼 오동통 곱던 손이 세월의 주름으로 가득하다. 하지만 삶의 흔적이 고스란히 담긴 손이 고맙기 그지없다. 앞으로도 겸손한 손이고 자랑스러운 손이 되고 싶다. 누군가를 위해 손뼉 치는 손이고, 타인을 위로하는 따뜻한 손길이 되고 싶다.

기억하는 손으로 ….

2

감사와 사랑

춘풍풍인春風風人

봄바람이 천지에 봄을 몰아오는 계절이다. 미래가 궁금해지는 푸른 존재들이 바쁘게 움직인다. 이미 다 죽은 줄 알았던 풀들이 초원 곳곳에서 꿈틀 되살아난다. 봄은 초원의 무성한 영광의 세월이 시작되는 약동하는 계절이다. '약동하다'는 말은 생기 있고 활발하게 움직인다는 의미이니 일 년, 딱 한 계절 봄에 어울리는 말일 것이다.

누구나 봄으로 향하는 길목에 서면 봄바람이 기다려진다. 봄이 되면 회자되는 문구가 있다. 춘풍풍인春風風人. 봄 춘, 바람풍, 사람인, 봄바람을 다른 사람에게 불어준다는 뜻으로 '주변 사람에게 봄바람처럼 덕을 베풀어야 한다.'는 말이다. 봄바람이 불면 마음도 살랑거리며 봄바람이 난다. 그래서인가. 봄바람이 불어올 무렵이면 어김없이 내 마음에도 봄바람이 분다. 또, 만물을 소생시키는 고마운 계절을 춘풍득의春風得意라고도 한다. 봄바람이 사람을 의기양양하게 만든다는 말이다. 겨우내 움츠린 몸과 마음을 활짝 펴고 산들산들 부는 봄바람에 옷깃을 나부끼며 걷고 싶다. 해마다 봄이 기다려지는 건 내 삶에 봄바람 같은 일들이 오기를 기다리기 때문이리라.

봄바람처럼 훈훈한 덕성을 지닌 사람이 있다. 따뜻한 말 한마디를 건네주는 사람, 타인의 마음을 헤아려 주는 사람, 아픔을 어루만져 주는 사람, 그런 사람들에게 기대고 싶은 계절이다. 살다 보면 혹독한 겨울 같은 곤경에 빠질 때가 있다. 어둡게 드리웠던 무거운 아픔 훌훌 털어버리도록 용기와 위로를 주는 사람이 바로 봄바람이요, 봄바람의 덕을 노래하는 사람이다.

봄꽃들이 이곳저곳에서 봉오리를 내민다. 갓 피어난 생명이 매년 내게로 온다는 건 실로 큰 기쁨이다. 꽃도 그러한데 봄바람 같은 사람이 내게 온다는 건 삶의 축복이다. 봄을 기다리던 어느 날, 우리 부부에게 찾아온 딸은 벅찬 감동과 축복이었다. 그날의 감동이 아직도 가시지 않았건만 꽃피는 봄날이 오가는 눈 깜짝할 사이 시집갈 나이가 되었다.

딸에게 봄바람처럼 따사로운 가슴을 가진 인연이 다가왔다. 같은 회사, 같은 부서에 있다니 서로 공감하고 공유할 것들이 많았을 터이다. 객지에서 부모를 대신해 사랑으로 옆을 지켜주었으니 딸아이의 마음에 봄바람처럼 스민 모양이다.

요즈음 내 가슴에 수시로 봄바람이 불어온다. 혼사를 앞둔 어미의 설렘이다. 우리 공주에게 백마 탄 왕자가 나타났으니 이보다 더한 기쁨이 있으랴. 예비 사위가 참 좋다. 봄바람처럼 무엇이든 감싸주는 넓은 가슴이 있어 좋다. 딸의 마음을 읽고 배려하려 애쓰는 모습이 대견하다. 내 하고픈 말보다 어른들의 말을 먼저 귀담아들으려는 겸손함이 있어 좋다. 그보다 더 좋은 것은 배 아프지 않고 내 아들이 또 한 명 생겼으니 봄바람이 우리 집으로 불어온 것이 분명한 게다.

좋은 사람을 만난다는 것은 삶의 축복이다. 그러나 창문을 활짝 열어젖혀야 봄바람이 들어오듯 열린 마음이 없다면 좋은 사람을 만나고도 허사가 되고 만다. 결혼은 서로에게 봄바람 같은 사람으로 다가서는 것이다. 서로가 서로에게 무엇이 되어 주는 것이다.

봄바람은 해마다 우리에게 다가온다. 거듭나는 삶의 시작이다. 비좁은 자기를 넘어서 서로에게 소중한 그 무엇이 되어 동행하는 길이 행복한 삶이리라. 두 사람이 봄 길 위에서 두 손 꼭 잡고 서로에게 봄바람을 불어주며 살기를 기도한다. 그것으로 이 어미는 행복하리라.

슬기로운 격리생활

중국 우한에서 시작된 바이러스 코로나 전 세계가 공포에 떨고 있다. 아침이면 뉴스에서 확진자 수가 얼마인지 확인하고, 잠들기 전에는 내일은 어떨까 하는 염려로 하루를 마감한다. 백신이 개발되었지만 새로운 변이가 등장하니 공포 속에 살 수밖에 없는 상황이다. 환자를 돌보는 의료진들은 밤낮을 더위와 추위 속에서 버티고 있는데 여전히 끝이 보이지 않는다. 상황이 호전되었다가도 잠시 느슨해지면 확진자 수가 올라가고 또다시 각종 제한된 환경 속으로 돌아가는 되돌이표 삶이 반복된다.

코로나는 관계의 단절과 경계심을 더 한다. 우리 주변 어딘가 환자가 있지 않을까 조바심하며 산다. 아들은 회사에 확진자가 생겨 집에서 재택근무를 한다. 학생들도 집 안에 갇혀 다시 학교로 돌아가는 날을 기다린다. 비대면 수업을 받는 아이들 때문에 학부모도 신경이 곤두선다. 어른들도 일상으로 돌아가지 못해 지쳐 가고 있다.

우리나라의 방역은 세계에서 손꼽을 정도로 인정받는다. 하지만 아랍에미리트에 근무하는 딸아이 부부가 얼마 전 휴가를 나온다는 소식을 전했다. 보고 싶은 마음은 간절하나 혹시 오가는 길에 염려할 일이 생길까 걱정이 되는 것도 사실이다. 휴가 기간이 한 달이나 2주 격리를 빼면 고작 2주만 한국에 있다. 그런데도 다녀가겠다는 딸아이 심정이 헤아려져 말릴 수가 없었다. 한국에 도착했다는 전화가 왔다. 입국 절차를 마친 후 정부의 방역 매뉴얼에 따라 청주로 내려왔다. 선별 진료 검사를 받은 후 합숙 대기소에서 밤새 결과를 기다렸다 아침이 되어서야 개인별 격리 장소로 이동이 되었다. 그나마 시골집이 있어 그곳에서 격리하기로 했다.

남편과 함께 그곳으로 갔다. 집 안에는 들어가지 못하고 먼발치에서 서로 바라보았다. 전염병 환자를 만나듯 손을 흔들고 눈인사를 나누는 것이 고작이었다. 멀리서 온 딸을 눈앞에 두고도 손 한번 잡아보지 못하고 돌아서니 기가 막힐 일이다. 잔기침하거나 조금만 열이 나도 주변 사람들의 눈치를 보는 세상이 되었다. 동네에서 딸이 격리하고 있다는 사실을 알면 달가워하지 않을까 조심스럽게 다녀오곤 했다. 마당에 뒹굴어져 있는 택배가 엄마를 대신한다. 간간이 필요한 물건과 먹고 싶은 것을 챙겨 대문 앞에 엄마의 마음을 놓고 온다.

문득 카프카의 소설 〈변신〉이 생각났다. 세일즈 맨인 소설 속 주인공 그레고르 잠자에게 어느 날 날벼락 같은 일이 생긴다. 아침에 일어나니 벌레로 변한 것이다. 그동안 가족의 생계를 책임져온 그의 변신 앞에서 가족은 경악한다. 주인공을 혐오하며 무관심으로 일관하고 하숙생이나 타인에게 드러날까 그를 감금한다. 이 상황을 벗어나고자 하는 가족에게 상처 입은 그는 점점 인간으로서의 존재감을 잃어간다. 결국, 아버지가 던진 사과가 등에 박혀 상처가 악화되어 종각에서 울리는 종소리를 들으며 죽어간다. 가사도우미는 벌레가 죽었다고 생각하여 내다 버리고, 가족들은 안도하며 하나님께 감사하며 교외로 즐겁게 향한다.

나도 모르게 코로나에 걸려 사경을 헤매고 있는 환자들이 지금, 이 순간에도 불안과 공포로 병상에 누워있다. 그레고르 잠자는 자신도 모르게 벌레가 되었다. 마찬가지다. 누구에게 언제 바이러스가 침투할지 모른다. 그들에게 따뜻한 시선과 배려를 보내야 한다.

우리는 코로나로 한 번도 경험하지 못한 세상에 살고 있다. 보이지 않는 바이러스는 인간이 관계를 맺고, 교육받으며, 여가를 보내는 우리 일상을 바꾸어 버렸다. 그러나 인류의 재앙을 탓할 수만은 없다. '위드 코로나' 시대이다. 코로나와 함께 삶을 이어가야 한다. 다만 우리의 삶의 방식을 어떻게 이어갈지 세상과 접촉하는 방법을 지혜롭게 찾아야 한다.

딸은 슬기롭게 격리 생활을 마쳤다. '언택트 현실'이 나쁘지는 않다고 했다. 멈추어버린 시간 속에서 자기 삶을 어느 정도 복구한 모양이다. 영화도 보고, 책을 읽고, 맛있는 요리도 만들고, 간단한 운동기구도 사서 체력도 기르며 일상을 보냈다. "직장인이 언제 이런 시간을 가질 수 있겠어." 하며 이 상황을 오히려 감사하게 생각했다.

'사회적 거리 두기'는 코로나 예방의 슬로건이다. 코로나는 어디서 왔는지, 왜 우리에게 온 건지 분명하지 않다. 페르시아 왕의 반지에 새겨진 '이것 또한 지나가리라.'라는 말을 믿으며 일상으로 돌아가는 날을 기다려 본다. 비록 제약된 환경 속에서 살고 있지만, 마음만은 가까이하며 사는 세상이면 좋겠다.

아부다비에 도착한 딸은 또 격리에 들어갔다. 무사히 근무에 복귀하길 바랄 뿐이다.

문자가 또 들어온다.

도내 확진자 000명

마스크 착용, 손 씻기

0명부터 사적 모임 금지

주기적 환기 등 방역 수칙 준수

어미의 정성

이사 온 지 얼마 되지 않았을 때, 베란다에서 이상한 광경을 보았다. 아파트 주차장에서 한 할머니가 하얀 승용차를 향해 두 손 모아 절을 하고 있었다. 할머니는 네 바퀴를 정성스레 어루만진 후 두 손을 합장한 채 정성껏 절을 했다. 잠시 후 범퍼 쪽으로 발길을 옮겼다. 자식 엉덩이를 두들겨주듯 범퍼를 다독거리고는 연신 허리를 굽혔다. 할머니는 한동안 자동차 구석구석을 돌며 절을 하고서야 허리를 폈다. 사찰이라면 부처님께 불공을 드린다지만 아파트 주차장에 서 있는 승용차를 두고 일어나는 일이니 내겐 관심사였다.

조금 있으니 중년 남자가 나왔다. 남자는 할머니와 몇 마디 나누고서 그 차를 타고 주차장을 빠져나갔다. 20여 년 가까이 휴일을 제외한 아침 일곱 시 반, 할머니는 어김없이 주차장에 나와 같은 행동을 했다.

얼마 전, 등산길에서 그 할머니를 만났다. 중년 남자가 차를 타고 막 아파트를 나선 참이었다. 할머니는 자동차가 보이지 않을 때까지 눈길을 떼지 않았다. 얼굴은 핏기도 없이 뼈만 도드라지게 보였다. 예전에 꼿꼿했던 허리는 기역 자로 굽었고 몸은 더욱 왜소했다. 분명 사연이 있을 거라 짐작만 하던 나는 발걸음을 돌리는 할머니에게 어렵사리 말을 건넸다.

"할머니, 왜 매일 승용차에 절을 하세요?"

할머니가 옅게 웃으며 사연을 들려주었다. 차 주인은 둘째 아들이란다. 묻지도 않는데 '○○ 대학 교직원'이라고 말하는 할머니의 목소리가 당당했다. 아마도 아들이 할머니 삶의 보람이고 버팀목인 듯했다. 할머니는 평생 가족을 뒤로하고 밖으로만 나돈 아버지를 대신해 가장 노릇을 했다. 미제 장사 등 온갖 궂은 일을 하며 아들딸을 모두 대학에 보냈다 한다. 둘째 아들은 그런 어머니의 고된 삶을 보고 자라서 그런지 할머니의 노후를 돌보고 있단다.

아들의 가슴엔 이미 돌아가신 아버지가 미움의 씨로 박혀 있는 모양이다. 자신이 행여 아버지의 전철을 밟을까 여태 결혼도 하지 않고 당신과 살고 있단다. 결혼한 큰아들은 아내가 집을 나갔고, 딸은 이혼 후 홀로 아이를 키우며 산다고 덧붙였다.

할머니는 이 모든 일이 어미의 정성이 부족한 탓이라고 했다. 할머니의 소원은 오직 하나였다. 자식들이 이제라도 순탄히 잘 살길 바라는 마음에 늘 기도한단다. 매일 승용차에 비는 일은 둘째 아들의 안전한 출퇴근길을 위해서였다. 할머니의 마음은 이 세상 모든 어미의 마음이고, 할머니의 기도는 이 세상 모든 어머니의 기도이리라.

명절을 맞아 서울에서 아들이 왔다. 승용차를 새로 장만했단다. 주차장으로 갔다. 회사에 들어간 지 얼마 되지 않은 아들이다. 미혼인 아들이 서울에서 집 장만을 할 일도 아득한데, 집 사기를 나중으로 미루고 대형차를 장만했다는 것이 마뜩잖았다. 한편으로는 경쟁 사회에서 부모의 도움 없이 지혜롭게 사는 것만으로도 감사하다는 생각도 들었다.

자식이 어미보다 더 잘 살길 바라는 것은 이 세상 모든 어미의 마음이다. 그것이 어미들의 가장 큰 행복이기 때문이다. 점점 커지는 소음, 늙은이처럼 이곳저곳 고장이 나고 상처투성이인 어미의 차를 보며 아들이 미안한 표정을 짓는다. 아들은 내게 차를 바꾸란다. 아직은 타고 다니는 데 지장이 없다고 속내를 숨긴 나는 오히려 이 어미보다 좋은 차를 타고 다니는 아들이 대견하기만 하다.

주차장에 서 있는 아들의 자동차 범퍼를 두드리며 말한다.

"우리 아들 안전하게 모시고 다녀라."

나도 모르게 아들을 위해 정성을 다하던 할머니를 따라 한다. 그 모습을 지켜본 아들이 어미 마음을 아는지 미소 짓는다.

겨울 속에 감춰진 봄

어디선가 봄의 전령이 손짓한다. 부모산을 향한다. 등산로 입구를 들어서는 길목에 황량한 겨울 들판은 생명의 순筍을 탄생시키려 몸을 잔뜩 웅크리고 있다. 생명의 숨소리가 멈추어진 빈 들판 가운데 손을 바쁘게 움직이는 할머니가 보인다. 사람들이 발을 딛던 땅을 뚫고 돌아나온 끈질긴 생명을 보며 당신이 살아온 인생을 되돌아보는 것일까. 가끔 허리를 곧게 세우며 긴 한숨을 내쉰다.

등산로를 비켜 들판 가까이 다가선다. 추위가 조금 주춤해질 때면 다른 봄꽃들은 이제야 기지개를 켜는데 냉이는 제일 먼저 봄꽃을 피운다. 몸집이 큰 식물들도 얼어 죽지 않으려고 땅속으로 들어가 겨울을 난다. 냉이는 척박한 땅속에서 동장군의 위협을 이겨내고 자신보다 수천 배 무거운 흙덩이를 뚫고 올라온다.

모든 생명의 움직임이 시작하기도 전에 하얀 꽃을 피우고 잠시 머물다 생을 마감한다. 특별한 보살핌 없이도 들과 밭, 어디서나 잘 자란다. 주어진 환경을 탓하지 않고 잎부터 뿌리까지 자신의 모든 것을 우리에게 내어준다.

부모산 등산길은 편찮으신 어머님이 내 나이쯤 부지런히 다니시던 등산코스이다. 어머님은 등산길을 오가며 뜯으신 냉이를 모았다가 내게 주시곤 했다. 추운 겨울 들판에서 뜯은 냉이를 냉동실에 넣어 두면 일 년 내내 봄의 향내를 맛본다. 어머님의 삶은 냉이의 끈질긴 생명력과 강인함을 닮았다. 어머님은 찬 바람 부는 들판에서 납작 엎드려 겨울을 이겨낸 냉이처럼 그런 삶을 사셨다. 다섯 남매 뒷바라지에 여념이 없으셨다. 30년 가까이 당뇨로 고생하시다가 말년엔 치매가 온 시아버님의 수발까지 드는 고단한 삶을 사셨다. 그 모진 세월을 뚫고 앞이 보이지 않는 삶의 통로를 지나셨기에 지금 어머님의 노후에 따뜻한 봄날이 온 것이 아닐까 싶다.

어느 원로 생물학자는 "삶이 정녕 지겹고 힘들다 싶으면 지금 당장 겨울 밭에 나가보라."고 했다. 온몸으로 겨울을 이겨 낸 작은 생명체, 그 속의 강인한 생명력을 배워서 냉혹한 세상을 이겨내라는 가르침이 아닐까 싶다. 꽃이 만발한 봄은 때가 되면 자연히 오는 것 같지만 아무에게나 오지는 않는다. 혹독한 시련은 느닷없이 우리 앞에 툭 던져질 때가 있다. 누구에게나 올 수 있다는 말이다. 던져진 시련은 우리 곁을 쉽게 떠나지 않는다. 회피하기도 허락하지 않는다. 고통과 고난을 마주하고 이겨낸 자만이 찬란한 봄을 맞을 수 있게 한다.

봄은 오고 있는데 코로나 때문인지 사람 사는 세상은 여전히 겨울이다. 30대부터 교화위원으로 활동하며 사형수를 상담해온 65세 할머니는 "풀어서 풀리는 것은 괴로움이 아니요, 참고 기다려서 해결되는 것은 고통이 아니다."라고 했다. 세상 살아가면서 고통이 없기를 바라지 말라는 할머니의 말씀이 '겨울 속에 감춰 둔 봄'처럼 내게 희망과 용기의 메시지로 들린다.

가로수 길에서 가끔 낯익은 얼굴을 마주하곤 한다. 노숙자 아주머니 아저씨들이다. 제대로 옷을 갖춰 입지도 않은 채 최소한 생필품을 담은 비닐 쇼핑백을 양손에 들고 정처 없이 걸어간다. 갈 곳은 있는지, 밥은 어디서 먹는지 궁금하지만 말을 건네지 못하고 스쳐 지나온다. 생각 같아서는 집으로 데리고 가서 옷가지와 먹거리라도 챙겨주고 싶지만, 사정을 모르니 마음같이 쉽지만은 않다.

가장 낮은 곳에서 웅크리고 있는 이웃들이, 미래의 희망을 찾지 못하는 청년들이, 힘든 하루를 버티는 손길들이 날개를 펼치고 따뜻한 세상과 마주하는 날이 오기를 응원한다. 차디찬 땅속에서 뿌리를 내리는 작은 냉이가 힘차게 굳은 땅을 뚫고 나오듯 이겨내리라. 겨우내 혹한이 많을수록 냉이의 향이 더 짙어진다. 자연에 순응하며 생존과 번식을 다 하는 냉이처럼, 그렇게 견디다 보면 어느새 봄은 우리의 가슴에 찬란하게 와 있을 것이다. 어느 곳보다 먼저 말이다.

골동반骨董飯

일주일에 세 번, 학교도 학년도 다른 학생들이 모인다. 자기 주도 학습 센터인 '해피스쿨'이다. 학생들은 주간과 일일 스케줄 점검이 끝나고 나면 각자 자리에서 계획된 공부를 자기 주도적으로 해 나간다. 학교에서 이곳으로 바로 오는 녀석들에게 나는 선생님도 되고 엄마도 된다.

우리 아이들이 초등학교 무렵부터 사교육 현장에서 일했다. 그 당시엔 대부분 전업주부였다. 아직 엄마의 손길이 필요한 시기에 일을 하니 두 아이에게 항상 미안한 마음뿐이었다. 그때 절실하게 바라는 마음이 있었다. 누군가 엄마의 마음으로 우리 아이들을 챙겨주면 내게 주어진 일을 맘껏 할 수 있을 것 같았다. 내가 학습 코칭 센터 '해피스쿨'을 개원한 것은 그런 부모님의 마음을 헤아려서였다.

'해피스쿨'엔 학년이나 남녀의 구별이 없다. 자율적이나 규칙이 없는 것은 아니다. 약속에 대한 책임도 따른다. 공부하다 보면 일탈하고 싶은 마음이 생기기 마련이다. 그래서 녀석들은 가끔 꼼수를 둔다. 배꼽시계가 고장이 난 것인지, 쉬고 싶어 잔꾀를 부리는 건지 수시로 배가 고프다고 한다. 집중이 안 된다고 하며 외출을 허락해 달라고 사정한다. 녀석들의 마음을 알기에 뻔히 보이는 거짓말에 눈을 감아주기 마련이다. 문제는 그다음이다. 모두가 그런 것은 아니지만 대부분 고삐 풀린 말처럼 나가면 함흥차사이다. 핑계 없는 무덤이 없다고 했던가. 이유의 색깔도 총천연색이다. 그 또한 모르는 척 넘어간다. 양심은 있어 본인의 잘못을 알기에 나갔다 오면 더욱 공부에 집중하기 때문이다.

시험 기간은 시간을 절약하기 위해서 외출 금지다. '골동반'을 해 먹자고 제안했다. 골동반骨董飯은 비빔밥의 한자어다. 한 해의 남은 음식을 다음 해로 넘기지 않게 하려고 섣달그믐날 저녁에 남은 음식을 모두 모아 비벼 먹은 것에서 유래되었다고 한다. 모두 비빔밥 재료를 하나씩 가져와서 큰 양푼에 비벼 먹기로 했다. 녀석들끼리 모였다. '상추도 손으로 뚝뚝 잘라 넣자, 단백질이 모자라니 참치도 넣자, 콩나물과 호박은 기본이다, 무생채는 아작거리는 식감이 좋다, 계란은 필수다.' 등 각자 가져올 골동을 정하느라 떠들썩했다.

그런데 어찌하면 좋은가. 다음날 약속한 비빔밥 재료 대신 '핑계'를 하나씩 가지고 왔다.

"무생채는?" "집에 무가 없어서."

"콩나물과 호박은?" "엄마가 바빠서",

"참치는?" "아! 깜빡," "용돈은 있어요."

참 녀석들의 핑계도 가지가지다. 겨우 가지고 온 것은 수진이표 고추장과 진영이표 계란 그리고 내가 가지고 온 밥이다. '누군가가 가져오겠지, 나 하나쯤이야 괜찮을 거라,' 생각 한 거다. 모두 난감한 표정으로 빈 양푼이만 물끄러미 바라보았다. 비빔밥 재료는 딱히 기준이 없다. 무엇이든 넣고 비비면 비빔밥이다. 하지만 특정한 재료가 과다하거나 부족해도 제맛을 내지 못한다. 골동반은 하나의 재료가 아닌 모두가 어우러진 맛의 조화이다.

고등학생 K가 긴급회의를 소집했다. 십시일반 쌈짓돈을 모아 부족한 재료를 사기로 한 모양이다. 슈퍼에서 참치와 볶은 김치, 참기름을 사 왔다. 집이 가까운 S는 집에 있는 시금치나물을 가져왔다. 그런 녀석들이 기특했다. 냉장고에 있던 멸치를 넣고 김도 비벼서 양푼 속에 넣었다. 마음마저 하나로 어우러졌으니 세상에서 가장 맛있는 비빔밥을 먹은 셈이다.

우리는 비빔밥 시대에 산다. 스마트폰은 공학, 인문, 예술 등이 조화를 이루어 만들어진 현대 문명의 필수품이다. 교육도 문과와 이과가 융합되어 시너지 효과를 내는 융합학문을 중시하고 있다. 부분의 독특함보다 전체가 하나로 비벼지는 비빔밥 같은 세상에 산다. 그 속에서 하나의 고유한 맛으로 존재한다면 그것이 행복한 삶, 내가 주인이 되는 삶이다. 내가 남이 되고, 남이 내가 되는 세상이 진정한 하나가 되는 세상이다.

　'해피스쿨'에서 나의 멘토 역할은 녀석들의 마음을 밀고 당기는 일이다. 녀석들 안에 숨겨진 보석을 찾아주기 위해서다. 해피스쿨은 그 보석을 스스로 찾아내도록 지지해 주는 곳이다. 나는 믿어 의심치 않는다. 나의 사랑하는 제자들이 사회라는 큰 그릇 속에 담길 때, 자신의 가치를 한껏 발휘하는 사람이 되어 우리 사회를 이끌어 가는데 한몫을 할 것이라고.

　오늘도 해피스쿨에 거꾸로 교실이 열린다. 초등학교에서 고등학교까지 형 아우들이 골동반처럼 모인다. 서로서로 다독여주며 부족한 부분을 채워간다. 그 속에 참기름 한 방울을 넣어 준다. 녀석들의 꿈이 이루어지길 바라는 응원과 소망 한 방울이다.

아이러브 몽골

아직도 마음은 몽골에 있다. 푸른 초원과 하늘, 그 위를 갖가지 형상으로 그려내는 뭉게구름, 그 아래 피어난 야생화가 나의 일상에 머문다. 유목 기마민족 몽골인의 삶은 우리 민족과 무관하지 않다는 생각이 든다. 지평선으로 해가 지고 푸른 하늘이 붉게 물든 몽골 초원은 내겐 선물이었다.

하루 일정을 마치고 숙소로 가는 중에 L문우가 둘째 날 아침 웨딩 촬영이 있으니 꼭 오라고 했다. 언젠가 해외심포지엄에서 찍은 웨딩 화보를 본 적이 있어 내심 관심이 생겼다. 하지만 선뜻 약속하기가 머쓱했다. 다음 날 새벽 용기를 내서 웨딩 이벤트에 참여했다. 길거리 촬영을 한단다. 늦가을 쌀쌀한 기온이지만 드레스 코드는 샤방샤방한 얇은 드레스 위에 걸친 재킷 그리고 맨발이다. 추위도 추운 줄 몰랐다. 낯선 땅, 모르는 사람들 속에서 또 다른 나로 변신했다. 결혼 후 처음 입어 본 웨딩드레스라

기분이 남달랐다. 길거리에서 여러 장면을 연출하니, 마치 8월의 신부가 된 듯했다. 참 생소한 경험이었고 오랫동안 기억될 추억이 되었다.

초원에서 말타기는 인생에서 꼭 해보고 싶었던 경험 중 하나였다. 넓게 펼쳐진 몽골 초원은 가는 길마다 새로운 풍광을 선물했다. 유유히 풀을 뜯고 있는 가축들과 드문드문 보이는 하얀 게르가 초원에 살포시 안겨 있었다. 끝나지 않을 것 같은 초원길을 걷고, 호수를 지나며 몽골인의 역사를 생각했다. 인구 300만의 작은 나라 몽골은 기마민족이다. 징기즈칸(Chingiz Khan)은 흩어진 부족을 통일하고 세계를 정복했지만, 그들은 찬란한 역사를 지키지 못했다. 그러나 잃어버린 역사, 사라진 역사를 탓하지 않고 기마민족의 전통과 정신은 여전히 이어지고 있었다.

9살 마부 딸의 도움을 받으며 승마 체험을 했다. 테를지 공원의 말들은 훈련으로 눈치가 빠르다고 한다. 마부의 딸은 말과 교감을 나누며 능수능란하게 말을 다루었다. 처음엔 겁이 났지만 금방 말과 호흡을 맞추며 말과 나는 하나가 되었다. 움츠린 마음을 대자연 속에 풀어 놓았다. 바람과 호수를 가로지르며 오감을 열었다. 투밍애흐에서 전통 민속공연을 보면서 들었던 말꼬리로 만든 현악기 마두금의 소리에 맞추어 부르던 몽골의 전통 창법 '흐미'가 소환되니 말과 함께하는 그들의 삶에 공감이 갔다. 목동

들이 유목 생활을 하며 동물의 소리를 내며 즐겼던 음악엔 드넓은 초원을 이동하며 지내야 했던 유목민의 애환이 담겨 있으리라 여겨졌다.

마지막 여정 열트산 트레킹이 기억에 남는다. 끝없이 펼쳐지는 야생화, 눈부신 하늘빛, 높고 낮은 능선을 따라가며 끝없는 길을 걷고 또 걸었다. 드넓은 초원 위에서 나는 누구인가. 내가 진정 원하는 것은 무엇인가, 묻고 대답했다. 누구의 방해도 받지 않고 오로지 나를 만나는 시간이었다.

정상에 다다랐다. 돌무더기 꼭대기에 색색의 헝겊으로 감싼 나무 '아워' 앞에 섰다. 몽골인은 '아워'가 각 지역의 산신으로 땅과 주민을 보호해 준다고 여긴다. 우리나라 서낭당과 비슷한 기능을 하는 셈이다. 돌 대신 나무 막대를 세우고 시계방향으로 세바퀴 돌며 정성껏 나의 소원을 빌었다.

건물만 보이는 잿빛 도시, 미세먼지로 뒤덮인 희뿌연 하늘 아래 사는 우리는 자연의 소리를 들으려 하지 않는다. 자연과 동떨어져서 세계와 교감하는 오감을 닫고 산다. 몽골 초원은 내 생각의 통로를 열고, 광활한 초원의 품처럼 타인을 받아들이라 내게 말한다. 마음의 여백이 생겼다. '자연과 문학' '자연과 인간'이 하나가 된 여정이었다. 지평선에 불어오는 바람, 별빛 가득한 밤하늘이 있는 곳, 아이러브 몽골! 나의 몽골 사랑은 영원하리라.

3

용기와 희망

여덟 단어

우리는 보이지 않는 외로운 섬 하나씩을 지니고 살아간다. 내가 꿈꾸던 유토피아, 나의 섬은 어디에 있을까. 다다를 수 없는 미지의 섬 나의 섬을 갈망하며 공허함만 더한다. 문득 남의 섬에서 방황하고 있는 자신을 발견한다. 나는 지금 어디에 존재하는가. 내가 바라는 삶은 무엇인가. 내 안의 나는 누구인가 의문이 드는 날이 있다. 세상이 정해 둔 가치가 최선의 삶이라고 여기며 타인이 원하는 삶의 틀에 맞추어 살기에 급급해한다. 명예와 체면, 도리와 의무를 다하는 삶이 가장 바람직한 삶이라고 여긴다.

누구나 자신이 살고 싶은 섬 하나쯤은 품고 산다. 가끔은 인생의 바다에서 항로를 이탈해 나의 섬을 잃어버리곤 한다. 인생은 파도처럼 흔들리는 삶이런가. 삶의 방향성을 잃을 때면 나는 한 권의 책을 펼친다. ≪책은 도끼다≫의 저자 박웅현 작가의 '여덟 단어'이다. 인생을 대하는 자세를 주제로 한 인문학적 삶의 이야기이다. 작가는 여덟 단어로 '삶의 가치를 바로 세우기'를 바란다. 독자에게 끊임없이 질문을 던진다. 지금까지 인생을 어떻게 살아왔는지, 현재는 어떻게 사는지, 미래는 어떻게 살 것인지 스스로 묻고 답하게 한다.

'자존, 본질, 고전, 견見, 현재, 권위, 소통, 인생'

어느 하나 중요하지 않은 것이 없다. 여덟 단어는 서로 유기적으로 연결되어 '자존'이라는 단어 하나로 귀결된다. 박웅현 작가는 어느 회식 자리에서 '아이에게 무엇을 가르쳐야 아이가 행복해질 수 있느냐'는 후배의 질문에 이렇게 답한다.

"딱 하나를 꼽으라면 나는 자존을 선택하겠어. 이 세상에 중요한 가치가 많지만, 그중에서도 자존이 제일 기본이라고 생각해. 자신을 존중하는 마음, 이게 있으면 어떤 상황에 부닥쳐도 행복할 수 있지 않을까?"

자존自尊은 나를 소중히 여기는 것이다. 작가는 여덟 단어 중 '자존'이라는 단어를 첫 번째로 꼽는다. 자존감은 자신의 인생의 동반자이다. 자존을 찾으면 본질을 찾게 된다. 고전을 통해 견문을 얻고, 그 견문으로 현재를 가치 있게 여기고, 타인의 권위에 복종하지 않으며, 소통하며 살면 인생을 잘 걸어갈 수 있다고 말한다.

'메멘토 모리, 아모르 파티' '죽음을 기억하라', '운명을 사랑하라' 작가와 후배가 나눈 메시지다. 언젠가 죽을 것이니 지금, 이 순간을 소중히 여기며 자신이 처한 운명을 사랑하란다. 그런 태도가 '자존'이라 한다. 타인의 기준에 맞춘 삶이 아니라 인생의 정답을 내 안에서 찾아야 내가 나의 삶의 주인으로 살 수 있다.

"인생은 책이 아니다. 내가 채워 나가야 할 공책이다."

작가는 이 책을 통해 '돈오점수頓悟漸修할 수 있는 계기'가 되기를 바란다. 저자의 바람처럼 여덟 단어는 나의 삶에 천천히 스며들고 있다. 가끔씩 삶이 잠시 멈추는 날이 오면 인생의 길잡이가 되어 줄 박웅현 작가의 여덟 단어를 만나리라.

복덩이

아름다운 가게에 '복덩이'가 살고 있다. '복덩이'만 보면 행복한 사람들이 '복덩이'로 모인다. 나도 자주 그곳을 찾는다. 그곳은 구제舊製 물품이 구제救濟되기를 바라며 모여 사는 곳이다. 가끔 '복덩이'에서 꼭꼭 숨어 있는 보물찾기 놀이를 하는 재미가 쏠쏠하다. 그곳엔 온갖 군상들이 서로 얽히고설켜 산다. 헌 놈, 새 놈, 늘씬하고 훤칠한 놈, 짧고 옆으로 퍼진 놈, 가늘고 긴 놈, 심지어 조무래기 아이들까지 엉켜 사는 구속도 질서도 없는 별천지이다. 그렇다고 서열이 없는 것도 아니다. 물 건너온 소위 명품이란 녀석들은 당당하게 제 값어치를 알리며 보란 듯이 앞자리를 차지하고 거드름을 피운다. 존재감이 없는 녀석들도 자신의 개성을 내세우며 당당히 제자리를 차지한다.

구제란 신품이 아니고 '오래된, 낡은, 옛날에 만들어 두었던 물건'이라는 뜻이다. 구제 옷이나 물건이 퀄리티가 떨어지는 것도 아니다. 대학 시절 구제를 알게 되었다. 캠퍼스 안에서 멋쟁이로 불리던 친구가 입고 다니는 옷의 대부분은 구제 옷이었다. 선진국에서 입던 옷을 수입하여 새 옷보다 훨씬 비싼 가격으로 팔았던 시절이었다. 그런 구제가 지금은 형편이 어려운 사람이 입는 옷으로 인식되고 있다. 구제 애호가들은 개성을 추구하기 위해서 구제를 찾는다. TV 프로그램에서 유명 연예인이 구제 가게에서 옷을 구입하는 소식이 전해지면서 젊은이들 사이에 새로운 트렌드로 자리 잡았다.

나도 언제부터인지 구제의 매력에 빠졌다. 알고 보면 '복딩이' 때문이다. 그곳에서는 흔하지 않고 색다르고 식상하지 않은 물건을 만난다. 자신의 개성을 표현할 수 있는 세상에 단 하나밖에 없는 옷을 만들어 입을 수 있는 것도 구제의 매력이다. 지인들이 어디서 특이한 옷을 사느냐고 묻는다. '복딩이'가 사는 보물창고 덕분이다. 그곳에서 갖가지 소품을 어린 시절 보물 찾듯이 찾아낸다. 싫증 나는 옷에 천을 덧붙이거나 잘라내고 구제 옷에서 떼어 낸 단추나 장식, 레이스 등을 응용해 새로운 옷을 탄생시킨다. 내게 '복딩이'는 새 옷에 구제를 더하여 나만의 개성을 연출할 수 있는 노다지를 찾는 재미난 놀이터이다.

'복딩이'는 소박한 사람들이 모이는 사랑방이다. 나는 바쁜 일상 속에서도 틈을 내 '복딩이'에 들른다. 그곳은 사람 냄새가 물씬 난다. 내가 경험해 보지 못한 다양한 삶들을 만난다. 옷을 고르며 정을 나눈다. 미처 풀어 놓지 못한 삶의 이야기들을 도란도란 나누는 기쁨 속에서 위로하고 위로받는다. 가끔 사장님의 다급한 전화가 온다.

"원장님, 어디세요. 지금 ○○ 음식을 가지고 왔는데 얼른 오셔서 조금이라도 드시고 가세요." 전화 너머 왁자지껄한 소리가 들려온다. 김치를 못 담그는 내게 김장 김치 한 통을 서슴없이 주던 윤 권사님이 푸짐하게 묵은지 찜을 가져왔단다.

온갖 야채를 넣고 새콤달콤한 참치 물회를 말아 온 재승이 어머님, 비 오는 날 배추전을 부쳐 오던 골목 모퉁이 집 경상도 할머니, 금방 담근 열무김치에 뜨거운 밥 한 그릇 퍼 와서 먹으라던 노래방 사장님, 시장에서 꽈배기와 고로켓을 사서 들른 필리핀 여인들, 팥 듬뿍, 달달하고 걸쭉한 호박죽을 끓여오신 전도사님, 그런 분들과 나누어 가지는 소소한 행복이 참 좋다.

나의 사회적 페르소나는 '복딩이'에서 무장해제 된다. 복딩이에서 다양한 삶을 만나며 행복은 가까이 있다는 말을 새삼 실감한다. 그분들의 삶 속으로 빠져들수록 내 삶이 더욱 풍성해진다. 마음과 마음으로 이어지는 아름다운 가게 '복딩이'는 작은 행복의 집이다. '복딩이'는 구제를 파는 곳이 아니다. 사랑을 팔고,

행복을 팔며, 정을 나누는 곳으로 누구나 발길이 모이는 곳이다.

'복딩이'에 가면 '복딩이'들이 웃는 소리가 정겹다. '구제舊制' 물건엔 삶의 흔적이 있다. 그 속에 세월이 버무려진 '군내'가 싫지 않다. 사람을 가리지 않고 누구라도 따라나서니 더욱 정이 간다.

구제의 쓰임을 보면 우리네 인생의 단면을 보는 듯하다. 나이가 들수록 점점 내 자리가 없어진다. 젊음을 부러워하며 움츠려진다. 처음엔 관심을 주던 의류들이 쓸모없는 물건이 되어 수거함에 버려지는 신세가 되듯, 왕성한 활동을 하다 어느 순간 빛바랜 옷처럼 제 자리에서 물러나는 인간사이다.

구제 물품도 필요한 사람들에게 구제救濟되면 제 가치를 더욱 발한다. 세상에 쓰임 받지 않는 사람이 어디 있으며, 가치 없는 인생이 어디 있겠는가. 낡고 헐고 삭아서 제 기능을 다 하지 못해도 나름대로 가치는 있다.

지난 세월만 되새김하며 가는 세월의 덧없음만 탓하면 무엇하겠는가. 나이가 들었다고 젊음이 사라진 것이 아니다. 경험한 삶을 품고 있는 내 안에서 새로운 나를 발견하면 또 다른 인생의 시작점이 된다. 나는 여전히 젊음을 안고 있다. 살아있는 동안 내가 나의 주인인 것을. 인생의 여열餘熱이 있다면 남은 삶의 소명을 다해 보리라. 본연의 가치를 발하여 누군가의 행복이 되면 그 또한 아름다운 인생이리라.

　월요일 아침이다. 사장님 부부가 구제 물건을 하러 가는 새벽 길이 희망의 길, 소망의 길이 되기를 기도한다. '복딩이'들이 남의 집 더부살이를 면하면 좋겠다는 사장님의 소망이 이루어지는 날이 빨리 오기를 바란다. 두루 다른 사람을 구제救濟하며 행복해하는 사장님이 '복딩이'들과 함께 우리 옆에 늘 있어 주면 좋겠다.

비빔밥 동호회

행사장 로비를 어린 왕자가 지키고 있다. '문학은 영혼의 양식이다. 수필은 영양이 많은 밥이다.'라는 수필 지도 선생님의 말씀이 적힌 문구가 손님을 맞는다. 식장에는 무심수필동인회가 되기까지의 여정을 담은 영상이 상영된다. 내빈들은 식전 행사로 '무심수필'의 발자취를 압축된 스토리로 만든 영상에 관심을 둔다.

축하공연이 시작된다. Love story와 Wind song의 잔잔한 기타 선율이 축하객의 마음을 잔잔하게 적신다. 가슴을 아련하게 만들어 주는 연주곡이다. 아름답고 감미로운 연주가 창립회의 격을 높이고, 무심수필의 위상을 더욱 높인다. 이육사 시인은 〈청포도〉에서 '내가 바라는 손님이 오기를 기다리며 은쟁반에 하얀 모시 수건을 정성껏 마련해 두었다' 했다. 우리는 모두 그런 마음으로 손님을 맞이한다.

"수필은 청자연적青瓷硯滴이다. 수필은 난이요, 학이요, 청초하고 몸맵시 날렵한 여인이다. 수필은 그 여인이 걸어가는 숲속으로 난 평탄하고 고요한 길이다."

사회를 맡은 나의 심정이 남다르다. 나직한 목소리로 피천득 선생의 수필을 읽으며 행사의 문을 연다. 단아하고 깔끔한 문구, 수필의 이미지가 선명한 명문장을 되새기며 무심수필문학회 창립 및 창간호 출판기념회가 시작된다.

무심無心, 원불교 스님 정산종사는 마음의 수양의 단계를 집심, 관심, 무심이라 했다. 무심이란 감정도 의식도, 아무 생각도 없는 무의 상태이다. 그러나 조계종 해덕스님은 무심은 생각이 없는 상태가 아니라 했다. '꽉 찬 마음을 선정으로 번뇌와 망상을 내려놓고 비우는 텅 빈 공空으로 되돌려 놓는' 것이라 했다. 무심은 모든 마음의 작용이 소멸한 시간 위에, 온갖 그릇된 생각의 망념을 떠난 마음의 상태이다. 진심만이 무심이다. 무심코 만난 사람이 더 반갑고, 무심코 꺼낸 이야기가 큰 희망이 되는 것은 진심만이 무심이기 때문이다. 그런 마음처럼 글을 쓰자며 무심無心이라 하였으리라.

지난 오월 스승의 날을 맞이하여 우리는 감사의 마음으로 소박한 음식 대접을 준비했다. 권 선생님 댁 옥탑방에서 만난 우리는 비빔밥을 준비했다. 옥상에서 키운 푸성귀, 도라지나물에 버섯볶음, 콩나물에 고사리와 무생채를 넣었다. 된장 몇 숟가락을 떠 넣고 계란부침, 맵싸한 고추장에 고소한 참기름까지 넣어 썩썩 비볐다. 그것만이 아니다. 감사함과, 고마움, 서로의 끈끈한 정도 넣었다. 이렇게 비빔밥을 함께 비벼 먹으며 서로 하나가 될 즈음, 나는 동인들의 모임을 제안했다. 그래서 결성된 것이 '무심수필문학회'이다.

무심수필문학회의 출발은 비빔밥을 비비듯이 서로 마음을 모아 시작되었다. 비빔밥처럼 서로 다른 재료가 한데 어우러져 섞이고 스며들어 하나의 맛으로 뭉쳐진 모임이다. 어우러지나 자기만의 고유한 식감은 잃지 않는 것이 비빔밥의 매력이요 진가이다. 2018년 8월 24일 무심수필문학회 회원들이 맛깔난 비빔밥이 되었다. 전통 수필의 맥을 이어가고자 하는 선생님의 뜻을 따라 문학회의 닻을 올렸다.

삼국사기에 '검이불루 화이불치儉而不陋 華而不侈'라는 말이 나온다. 검소하되 누추하지 않고, 화려하되 사치스럽지 아니하다는 말이다. 문학을 하는 우리가 새겨야 할 문구이다. 무심수필은 창작의 정원이다. 서로 경쟁하는 관계가 아니라 서로 하나가 되는 도반道伴이 되자 약속했다. 무심수필문학회는 앞으로 문학 동인들에게 창작의 기회를 제공할 수 있는 터전으로 만들어 가리라 내빈들에게 약속하며 행사를 마무리했다.

예술의 전당 밤하늘은 감사함으로 물들었다. 창립회를 위해 비빔밥처럼 비벼져 하나가 되었다. '무심수필문학회'가 추구하는 바가 무심하게 타고 흐르는 밤이었다. 우리는 서로에게 축하 인사를 건넸다. 서로의 등을 토닥거리며 전통 수필의 맥을 이어가는 문학회가 되자고 다짐했다.

무심수필은 사람 냄새가 나서 좋다. 무심한 듯 무심하지 않은 사람들이 모여 있는 곳이다. '글은 곧 사람이다'라고 말한다. 무심수필문학회는 글을 손끝의 재주로만 쓰는 것이 아니라 마음으로 쓰는 문인들이리라. 나를 넘어 타인의 마음을 넘나들며, 마음껏 위로하고 기쁨을 나누는 통로가 되리라. 그러니 내가 이곳에 머무는 것이 문인의 길에 찾아온 축복이리라.

단상 위의 촛불이 좌우로 도열한 꽃들의 환송을 받으며 서서히 꺼져간다. 누군가의 빛이 되려고 스스로 소멸하는 길이다. 누군가의 희망이 되기 위해 또 다른 곳으로 비추는 빛이다. 참 따사한 밤이다.

골프 넷

    목련이 스러지고 허허로웠던 정원에 오월이 온다. 액자처럼 걸린 언덕 위에 느티나무 푸르름이 시야에 가득 차고도 남는다. 빨갛게 얼굴을 내민 장미향이 바람결에 스미는 오월의 어느 날 반가운 벗님들이 모였다.

    서로에 대해 무엇 하나 아는 게 없던 우리였다. 골프 연습장에서 서먹했던 우리는 목련차 한 잔 나눠 마시며 인연을 맺은 사이다. 그 후 연꽃 마을에서 만나 담소를 나누다 모임을 만들었다. 카톡방 이름을 '골프 넷'이라고 했다. 든든한 리더 명주 언니, 모임의 곳간지기 만금 동생, 이런저런 일의 양념 역할을 하는 요가 선생님은 나의 골프 지기요 행복한 일상의 동행자가 되었다. 우리는 골프 실력도 천차만별이고, 살아온 삶도 다르고, 성격도 각양각색이다. 하지만 공통점도 적지 않다. '골프 넷'은 운동을 좋아한다. 인정이 많고 사람을 좋아한다. 먹는 것을 즐기고, 수다 떨기를 좋아한다.

'먹으면서 정이 든다'라는 말이 있다. 운동이 끝나고 먹는 점심 밥상은 정을 쌓는 시간이다. 방앗간처럼 카페도 들른다. 밤식빵을 뜯어 커피에 살짝 담가 먹고, 적당히 달달한 팥앙금 위에 콩고물이 함박눈처럼 뿌려진 팥빙수를 먹으며 소소한 삶을 나눈다. 주제는 한결같다. 사람 사는 이야기다. 남편, 자식, 시댁, 친정, 지인들 이야기가 이어진다. 하루만 만나지 않아도 궁금한 사이다. 그래서인가. 몇십 년을 만난 사이 같다.

만남이 벌써 일 년이다. 그동안 나의 골프 실력은 뒷걸음질이다. 운동 신경이 둔한 편이다. 빠듯한 일상이니 제대로 연습할 시간도 없다. 없는 시간을 투자하는 것에 비해 효율성이 떨어져 그만두고 싶은 적이 한두 번이 아니다. 그런데도 틈만 나면 습관처럼 연습장으로 향한다. 운동보다 만남이 좋아서다. 서로를 배려하는 마음씀이 좋아서다. '그래! 이 나이에 선수가 될 것도 아닌 것을 깜냥만큼 치면 그게 나답게 운동하는 거다.'라고 자신을 다스리면 마음이 편해진다.

여러 운동을 했지만, 골프는 가장 어려운 운동이다. 마음대로 안 되는 인생살이 같다. 골퍼들은 드라이버를 치며 한 방에 멀리 가기를 바란다. 힘을 빼고 멀리 보내야 비거리가 생긴다. 잘 치려고 할수록 자꾸 팔에 힘이 들어간다. 욕심이 거리를 줄이는 셈이다. 드라이버의 역할은 멀리 내다보고 순리대로 살아야 하는 인생살이와 닮아있다. 골프 중에 우드를 치는 게 가장 어렵다. 프로님은 스윙할 때 바닥을 스쳐 지나야 한다고 강조에 강조한다. 하지만 헛스윙하거나 뒤땅이 다반사이다. 인생의 길 또한 스쳐 지나야 할 일이 얼마나 많던가. 대가 없이 이루어지는 일이 어디 있던가. 어렵고 힘든 과정을 딛고서야 바로 서는 것이 인생이리라.

아이언은 단거리에 사용하는 채로 구원투수 역할을 한다. 그 중에 8번, 9번 아이언은 쓰임이 작다. 있는 듯 없는 듯 존재하다 양념처럼 중요한 역할을 할 때 등장한다. 적재적소에서 서로에게 필요한 부분을 나누고, 부족한 부분을 채워주는 '골프 넷'과 흡사하다. 어프로치는 골프의 꽃이다. 웨지는 깃발(홀) 옆에 최대한 안착시키는 역할을 한다. 인생도 어프로치(근접시킨다)를 하듯 자신의 자리를 잘 찾아가면 어느새 삶의 주인인 나와 마주할 것이다. 지금, 이 순간의 내 모습은 그동안 살아온 삶의 결과이다. 마지막까지 최선을 다하는 삶이 후회 없는 삶이리라. 공을 똑바로 보는 일이 골프에서 가장 중요한 포인트이다. 퍼팅은 홀의 마지막 동작이다. 홀에 넣는 일이 쉽지 않다. '들어가야 들어간 것이다'라는 말은 끝까지 마음을 놓지 말라는 이야기이다. 인생도 큰소리치며 살 일은 아니다. 끝까지 살아봐야 누가 잘 살았는지 알 수 있는 법이니까.

스포츠 경기는 '끝이 나야 끝나는 법이다.'라고 한다. '골프는 장갑을 벗어봐야 안다.'는 말과 같다. 결국은 끝이 나야 결과를 알 수 있다는 말이다. 골프는 몸과 마음의 균형을 지키며 18홀까지 와야 좋은 성적을 거둔다. 인생의 길도 그러하리라. 어느 시인의 말처럼 '모든 순간이 꽃봉오리인 것을' 하며 한 평생을 살아보는 거다.

연꽃 마을에 웃음꽃이 핀다. 지글지글 타닥타닥 고기 굽는 만큼 동생의 손길이 바쁘다. 육즙이 좌르르 흐르는 고기 한 점을 상추에 싸서 입 안 가득 넣으니 감탄사가 절로 나온다. '골프 넷'의 드레스 코드를 원피스로 정했다. 그러나 성격대로 입고 왔다. 오늘의 호스트인 나는 짧은 티에 초록빛 똥 바지를 입고 종종거린다. 샤방샤방 시폰 원피스를 입은 동생이 유난히 곱다. 레이스 속바지가 살포시 보인다. 그 아래 물 안개꽃 그려진 고무신을 신고 데크를 걷는 명주 언니의 발걸음이 사붓사붓 우아하다. 팔랑팔랑 나풀거리는 요가 선생님의 덧치마가 초록 바람에 나풀거린다. 우리는 마냥 행복하다.

연꽃은 피는 순간도 지는 순간도 의연하다. 더러운 곳에 처해 있어도 항상 본성을 간직하기에 더욱 고결하다. 아래로는 진흙 속에 뿌리를 내리고 있지만 아름다운 꽃을 피워내는 것이 연꽃이다. '골프 넷'의 만남이 연꽃처럼 피어나 오래도록 서로에게 아름다운 향기로 남기를 바란다.

가장 아름답게 보이는 위치

초여름의 시작이다. 거리의 가로수는 초록의 물을 끌어 올린다. 남편과 산책을 나선다. 이른 봄 잘려 나간 가지 끝에 새살이 돋더니 어느새 터널을 이루어 장관이다. 초록 잎 끄트머리가 햇살을 받아 더욱 선명하다. 자연이 주는 최고의 걸작 속을 걷는다. 가로수 사이로 설핏설핏 햇살이 파고든다. 양쪽으로 늘어선 플라타너스 잎의 채도가 다르다. 햇살을 등진 쪽은 후광을 입어 제 몸을 선명하게 돋보이게 한다. 심지어 주위의 것들마저 찬란히 빛을 발한다. 반면, 햇살을 마주하는 쪽은 처절하게 살아오느라 생긴 아프고 멍든 상처를 적나라하게 드러낸다. 한 지점에서 바라본 사물이 달라 보이는 것은 위치와 각도의 차이로 생기는 양면성 때문이리라.

어릴 때 말뚝박기 놀이를 즐겼다. 친구들이 뛰어와 등이 휘어질 정도로 올라타는 잠깐 사이에 허리를 잔뜩 구부린 가랑이 사이로 보였던 풍경이 신기하기만 했다. 하늘과 땅의 위치가 뒤바뀌어 있었고, 늘 보던 친구의 얼굴도 다리의 위치와 바뀌어 보였던 재미난 놀이였다. 어린 시절엔 세상을 보이는 그대로 바라보았다. 눈에 익은 풍경이 위치에 따라서 달라 보여도 그저 거꾸로 보이는 세상이 재미있기만 했다. 어른이 되어서도 여전하다. 시야에 또렷이 보이는 일조차 외면하고 산다. 내가 바라본 방향만 고집하며 소통의 통로를 좁힌다. 세속적인 욕망을 따라다니느라 수시로 제 위치를 벗어나고, 마음의 위치까지 달라진다.

친정 둘째오빠의 삶의 위치가 달라졌다. 중소기업을 시작으로 지역에서 이름난 건설 회사를 경영하며 승승장구했던 오빠가 건강이 나빠져 모든 직책과 화려한 경력을 내려놓아야 할 상황을 맞았다.

마라톤 선수들이 같은 지점에서 출발하지만, 레이스가 진행되면 저마다의 위치가 달라진다. 선두에 있다가 뒤처지기도 하고, 뒤처졌다가도 선두에 오르기도 한다. 인생도 그러하리라.

누구나 '영원함'을 꿈꾼다. 삶의 위치는 늘 옮겨 다닌다. 위에서 아래로, 높은 곳에서 낮은 곳으로, 큰 것에서 작은 것으로 말이다. 과거의 관점으로 현재를 바라보면 자신의 위치는 어긋나고 있다. 크고 높은 것만이 귀중하고, 작고 낮은 것이 초라한 것만이 아니다.

　제주도로 내려간 오빠를 얼마 전 친정에서 만났다. 명품만 입던 오빠가 준 메이커 옷을 입고 왔다. 일등석이나 비즈니스석만 타던 오빠가 저가 항공을 이용한다고 스스럼없이 이야기했다. 정재찬 교수는 '인생은 모두 공부'라고 했다. 오빠는 지금까지 겪어보지 못한 일들을 하나씩 공부하는 중이다. 오빠는 결혼 전이나 후에 내게 여러모로 든든한 후원자였다. 지금도 나의 위치를 잡아주는 정신적 버팀목이다.

　상극의 위치에 있다가도 한 방향으로 가다 보면 서로 다른 것들은 이미 하나가 되어 있음을 발견하곤 한다. 남들이 보기에 전혀 어울리지 않는 부부도 잉꼬처럼 살아간다. 논밭의 벼와 보리도 푸르름 끝에 갈색이 덧입혀져 은근한 운치를 만들어 낸다. 전혀 어울릴 것 같지 않은 것들의 조화는 서로가 서 있는 위치를 그대로 바라보기 때문이리라.

　나는 지금 인생의 어느 지점에 서 있을까. 타인에게 어떤 모습으로 비추어지고 있을까. 모든 사물은 가장 아름답게 보이는 위치와 각도가 있다. 사람이나 사물이나 어떻게 보느냐에 따라 대상에 대한 평가는 달라진다. 바라보는 위치에 따라 의미도 다르고, 가치도, 중요함도 달라진다. 우리는 자신이 보고 싶은 방향으로만 바라본다. 조금만 다른 시각으로 바라보면 더 높은 가치와 의미를 발견할 수 있다. 우리가 바라보는 시선은 이쪽과 저쪽 모두여야 한다. 좋다가도 싫어지고 싫다가도 좋아지고, 밉다가도 곱고, 곱다가도 미워지는 것이 사람의 마음이다. 그러니 마음의 위치도 잘 살펴야 한다.

플라타너스 잎들이 하늘거린다. 미동微動 사이의 역광이 눈부시다. 빛의 흐름을 놓치지 않는 사진사들의 수작에 역광이 들어가는 이유가 이러하리라. 그 빛으로부터 한 번 더 승화되어 더욱 아름다운 것은 자신의 위치에서 묵묵히 자리하고 있기 때문이다. 자신의 위치를 통과하는 든든한 빛은 삶의 후광이다. 나무 한 그루, 풀 한 포기도 좋은 위치와 각도를 잡아주면 더욱 아름답다. 나의 가장 아름다운 자리는 내 자리, 남의 자리, 공간의 위치, 시간의 위치를 찾아내는 일이다.

인생은 시계추와 같다. 흔들리며 사는 게 인생이다. 행복은 늘 내가 만드는 위치에 있다. 사랑, 행복, 지위, 성취, 모두 나의 위치에 맞게 심어 두면 그곳이 가장 아름다워 보이는 위치가 아닐까 싶다.

4

위로와 이해

이별 박물관

건강 정보를 알려 주는 책자를 뒤적거린다. 대수롭지 않게 넘기다 내 시선이 다섯 글자에 정지한다. 크로아티아 자그레브에 위치한 이별 박물관 'Museum of Broken Relationships'이다. 세상을 떠난 반려동물이 걸었던 목걸이, 이별한 연인과 사랑을 약속하며 채웠던 자물쇠, 사랑하는 손주가 하늘로 떠나기 전 타고 다녔던 자동차, 자녀들이 어릴 적 가지고 놀았던 인형들이 사진과 함께 사연이 소개되어 있다. 이별에 대한 애틋한 사연이 하나같이 가슴으로 전해진다.

이별 박물관 프로젝트는 어떤 남녀의 이별 과정에서 시작되었다고 한다. '올랑카 비시티키'와 '드라옌 그루비시치'는 예술가이다. 연인이었던 그들은 어느 날 이별을 한다. 이별 후 남은 물건에는 두 사람의 추억이 담긴 이야기가 들어 있다. 평소 토끼 인형에 애착을 가지고 있었던 두 사람은 누가 가지고 갈 것인지 의논하다가 그것 말고도 두 사람의 추억이 담긴 물건들이 많다는 것을 알게 된다. 두 연인은 그 물건들을 모아 전시하기로 의견을 모았다. 그 후 많은 사람이 두 사람의 프로젝트에 공감하며 이별에 관련된 많은 물건을 보내왔다고 한다. 그렇게 세워진 것이 '이별박물관'이다.

전 세계에서 이별의 사연이 담긴 다양한 전시품을 보기 위해 이별박물관을 찾는다. 세계 여러 나라에서 기획 전시되었고, 제주도에서도 열린 적이 있다고 한다. 사람들은 낡고 보잘것없는 물건과 이별의 사연을 접하며 슬픔의 눈물을 흘리고 감동한다. 세월의 흔적이 이야기로 남아 쉽게 지워지지 않아서이다. 무의식 속의 남은 아픔이 위로받는다. 이별, 이혼, 사별 등 특별한 이야기를 통해 공감하며 내 이야기로 승화시키기 때문이다.

내게도 이별의 흔적이 있다. 친정어머님이 돌아가시던 날 당신이 살아생전 애지중지 아끼셨던 금붙이를 자식들에게 나누어 주셨다. 어머니는 숨을 거두시기 전 거친 호흡을 하면서 한복 저고리에 꽂는 나비 장식과 금비녀를 내 손에 쥐어주셨다. 올케언니는 그것을 녹여 쌍가락지를 만들어 예단에 넣었다. 어머님이 그것을 왜 주셨는지 헤아리지 않고 살았다. 결혼해서 자식을 낳아 기르고, 어머니가 겪었을 세월을 하나씩 되밟고서야 자식을 향한 어머니의 마음을 조금은 알 것 같다. 결혼 후 둘째를 낳고 서다. 옷장 정리를 하다 보니 손수건에 쌍가락지가 쌓여 있었다. 돌아가신 어머님을 만난 듯 반가웠다. 반지를 보면 어머니 살아 생전 말씀과 행동이 고스란히 소환된다. 어머니가 옆에 계신 듯 여겼다. 힘든 고비마다 위로와 위안을 받고, 새로운 희망과 용기 도 얻었다.

쌍가락지는 지금 내게 없다. 시어머님의 회갑 날, 친정어머님 의 온기가 담긴 쌍가락지를 시어머님 손에 끼워 드렸다. 친정어 머님도 시어머님도 모두 내 어머니이다. 오히려 친정어머님이 기뻐하시리라 여겼다. 시어머님이 벌써 아흔이 넘으셨다. 어머 님 손가락에 끼워진 쌍가락지는 살아오신 세월의 굴곡처럼 휘어 져 있다. 후일 반지는 친정어머님의 염원과 사랑, 시어머님과의 추억이 이별의 흔적으로 남겨질 터이다.

'이별 박물관'은 유럽에서 가장 혁신적인 박물관에 수여하는 '케네스 허드슨 상'을 받았다. 미니멀 라이프를 실천하는 사람들 은 추억이 담긴 물건들을 블로그나 인스타그램, 페이스북 같은 곳에 디지털화해서 보관하기도 한다. 하지만 이별박물관에 가면 이별의 흔적을 만난다. 평범하고 쓸모없는 물건처럼 보이지만 누군가에겐 특별한 의미로 남아있다. 그 속에는 사람과 사람 간 의 숨결과 손길이 있다. 추억이 소환되어 감동을 주고, 슬픔의 눈물을 흘리니 카타르시스를 느낀다.

세상에 영원한 것은 없다. 우리는 시간과 공간의 굴레에서 수많은 이별을 맞는다. 삶의 행간에서 만남과 이별은 누구나 겪어야 할 하나의 과정이다. 이별은 슬픔이 아니라 또 다른 만남의 연결점이다. 누군가의 이별의 사연과 그와 관계된 물건들은 나의 이야기고 너의 이야기이기에 우리 모두에게 스민다.

이별의 아픔은 새로운 삶을 얻을 수 있는 시간을 우리에게 부여한다. 누군가의 아픔이 아픈 내게로 다가와 나를 위로하고 다시 견디어 낼 힘을 더한다. 그 사연이, 그 물건이 현재의 삶과 연결되어 공감하고 위로하며 우리를 다독인다.

반지는 친정어머니의 삶에 시어머니의 삶이 연결되어 이야기를 더한다. 내 삶에 동반되는 사연과 물건들은 과거의 흔적이고 내 삶의 서사의 하나이다. 그 무엇도 끝이 있다. 끝이 있기에 그리움을 더듬어 아름다운 기억으로 승화시킨다. 이별의 아름다운 사연이 따뜻한 이야기로 전해져 우리의 삶을 위로하리라.

인연

　연꽃마을 언덕 위에 느티나무 푸른 잎이 오월의 색을 입고 봄
바람 장단을 따라 흐느적거린다. 그 아래로 내려다보이는 정경
이 고요하다. 가지 사이로 설핏 보이는 하얀 이층집 작은 정원엔
올해도 어김없이 봄이 찾아온다.

　정원은 이맘때쯤이면 잡초와의 전쟁에 돌입한다. 생명을 키우
려는 잔디 사이를 비집고 기어코 뿌리를 내리려 잡초들이 진을
치기 시작한다. 주인보다 더 당당히 남의 땅을 차지한다. 남편은
겨울이 오기까지 녀석들과 실랑이한다. 남편이 가꾸어 놓은 정
원에서 마음의 호사를 누리는 나는 늘 미안한 마음이다. 모처럼
잡초를 뽑으려고 연꽃 마을로 갔다.

　집 앞에 차를 세웠다. 느티나무를 배경으로 두 여자가 셀카를
찍고 있었다. 노년기로 살짝 접어들 나이쯤의 여인과 초등학생

으로 보이는 소녀였다. 이런저런 포즈를 취하지만 영 마땅치 않은 표정이었다. 긴 생머리, 소박한 옷차림, 화장기 없는 얼굴의 그녀는 차에서 내리는 나를 반겼다.

"죄송하지만 사진을 좀 찍어 주시겠어요."

두 사람의 정겨운 모습을 담은 사진을 여러 컷 찍어 주었다. 그녀가 다시 말을 건넸다.

"혹시 이 집 주인이세요. 어쩜 이렇게 멋진 곳에 집을 지었어요."

그녀는 화가라고 자신을 소개했다. 작업실로 갈 때 느티나무 풍경이 좋아 지름길을 두고 이곳을 거쳐 간다고 했다. 사람은 나름대로 꿈꾸는 풍경이 있고 머물고 싶은 장소가 있다. 연꽃마을 느티나무 아래 하얀 집의 풍경이 그녀의 마음을 붙들고 발길을 머물게 한 모양이다.

잡초를 뽑다가 점심 약속에 가려던 나는 난감했다. 두 사람을 그냥 보낼 수 없어 차 한 잔하고 가라고 권했다. 집의 이곳저곳을 둘러본 그녀는 그림을 그리듯 자신의 감정을 묘사했다. 그녀의 손을 꼭 잡고 있는 소녀는 영국에서 혼자 한국 할머니 댁에 다니러 온 손녀딸이라 했다. 손녀딸의 엄마는 수지라고 덧붙였다. 화가인 그녀는 '수지 엄마'로 불릴 때 가장 행복하다며 '수지 엄마'라고 불러 달라고 했다. 영국에서 태어난 손녀에게 한국문화를 보여 주려고 이곳저곳을 데리고 다닌단다. 이곳의 풍경을 손녀에게 꼭 보여 주고 싶어 들렀다고 했다.

　내겐 특별한 손님이다. 봄에 만들어 두었던 목련차를 정성껏 우렸다. 직접 뜯은 쑥으로 만든 쑥인절미와 쑥버무리를 꺼냈다. 유럽 음식에 길든 손녀의 입맛에 맞을까 걱정했지만, 나의 염려와 달리 쑥인절미를 콩가루에 묻혀 맛있게 먹었다. 손녀는 전통 물건과 장식이 신기한 듯 두리번거리며 집 안팎을 둘러보았다. 손녀의 질문에 자근자근 답해 주는 그녀가 무척 행복해 보였다.

　점심 약속이 다가와 부득이 양해를 구했다. 아쉽지만 다음을 약속했다. 집을 나서는 그녀의 손녀딸에게 뭐라도 줘서 보내고 싶었다. 남은 쑥버무리 두 덩이를 손에 쥐여주고 꼭 안아주었다. 고맙다는 인사를 하는 그녀의 눈가가 촉촉했다. 그녀는 인연은 필연이 아니라 우연에 의해 맺어진다고 말했다. 오늘 맺은 인연을 잊지 않겠다고 하며 당신의 작업실에 초대하고 싶다고 했다. 하지만 우리는 다시 만난 날을 기약하지 않았다. 마치 내일 또 만날 사람처럼 '수지 엄마'를 배웅했다.

　한 달 뒤 그녀에게 문자가 왔다.

　"어제 손녀를 영국으로 떠나보냈습니다. 공항 가는 차 안에서 이번에 가장 감동적인 일이 무엇인지 물으니, 육거리 노점상 아저씨와 연꽃 마을 쑥 아줌마를 뵌 것이라고 했습니다. 뵙고 작업실 오는 차 안에서 함미가 'Human Phenix'(인간 불사조)를 만난 것 같다고 표현하더군요. 며칠 전에 들른 패럿 카페에서 만난 앵무새에게 저희가 '피닉스'라고 불러주었거든요. 건네주신 귀한 쑥버무리는 손녀 짐 가방에 넣어 보냈습니다. 케임브리지 집에 가서 엄마. 아빠랑 맛보라고⋯.

그곳 푸르른 느티나무처럼 저희를 반갑게 맞이해주신 분!"

그 이후 '수지 엄마'를 만나지 못했다. 연꽃마을 언덕 느티나무와 하얀 집은 서로를 마주하고 있다. 이층 데크에 앉아 '수지 엄마'와 마셨던 목련차를 마신다. 느티나무 그늘에서 다정다감한 할머니와 밝고 맑은 손녀가 웃는다. 인연을 생각한다. 피천득은 수필 〈인연〉에서 아사코와의 추억을 회상하며 인연의 의미를 반추한다.

'그리워하는데도 한 번 만나고는 못 만나게 되기도 하고, 일생을 못 잊으면서도 아니 만나고 살기도 한다. 아사코와 나는 세 번 만났다. 세 번째는 아니 만났어야 좋았을 것이다.'

가끔 스마트폰 속 그녀의 전화번호를 본다. 하지만 접속하지 않는다. 인연은 우연에 기대어 예기치 않은 접속으로 만들어지기도 한다. 삶의 많은 부분은 의지나 계획보다 우발적이고 충동적으로 일어난다. 그녀와의 만남도 그랬다. '수지 엄마'는 나를 스쳐 간 수많은 인연 중의 한 사람이다. 그녀가 잊히지 않는 것은 '일생을 못 잊으면서 아니 만나고 사는 인연'처럼 내 기억에 남겨 두고 싶기 때문인지 모른다.

인연은 우연과 돌발성이 주는 설렘이다. '수지 엄마'는 수시로 이곳을 찾아오리라. 영국에 사는 그녀의 딸 수지와 손녀가 보고 싶은 날이면, 연꽃마을 느티나무 아래에서 추억을 소환하리라.

변신

변신은 유죄

거울 앞에 선 나는 가끔 낯선 얼굴을 만난다. 때때로 헤어스타일과 옷차림의 외향적인 면만이 아니라, 생각도 판이하게 달라져 있는 나를 만난다. 같은 시간, 같은 공간, 같은 옷차림을 하고도 왜 다른 모습으로 보이는 것일까. '나 아닌 또 다른 나'가 '본연의 나'와 함께 존재하기 때문이 아닐까 싶다. 현실의 자아와 내면의 자아는 양면의 얼굴을 가진다. 우리는 삶 속에서 자신을 변신시키기도 하고 변신을 당하기도 한다. 동화나 신화, 영화와 만화에서 다양한 변신을 볼 수 있다. 제우스신을 비롯해 개구리왕자, 늑대 인간, 미녀와 야수 등 변신 이야기는 스토리를 더욱 흥미진진하게 만든다. 작품 속에서 마법을 부리거나 초능력을 발휘하고, 신적인 능력을 더해 변신이 이루어지도록 한다. 독자는 그들의 변신에 대해 누구도 의문을 제기하거나 이유를 묻지 않는다. 초인간적이고 초자연적인 힘의 세계가 전제된 그들은 결국 본래의 모습으로 돌아오기 때문이다.

프란츠 카프카의 작품 〈변신〉이 있다. 가족을 위해 성실하게 일해 오던 선량한 세일즈맨 그레고르 잠자는 어느 날 아침 한 마리 흉측한 울음을 내는 갑충류로 변신한다. 가족의 생계를 책임진 주인공은 일벌레, 돈 버는 기계로 전락할 뿐 가족 간의 따뜻한 교감이나 인간적 대화에는 별 관심이 없었다. 그레고르는 더 이상 인간이 아니라 두꺼운 등껍질, 각질의 칸들로 나뉜 둥그런 배, 수없이 많은 가느다란 다리를 가진 벌레였다. 가족들은 자구책을 마련하고 최후의 결단을 내린다. 그레고리를 방안에 가두어두고 죽을 때까지 방치한다. 가족의 짐이 되고 모든 인간적 생활 관습으로부터 철저히 차단되며 쓸모없는 존재로 냉대받는다. 불편한 몸, 일상에서의 지루함, 외부와 철저히 소외된 상태에서 스스로 벗어날 수 없음을 깨닫는다. 결국 그레고르는 자신을 찾으려는 희망을 버리고 스스로 비참한 죽음에 이른다. 그 후 홀가분한 마음으로 나들이 가는 가족의 모습으로 작품은 마무리된다.

추하게 변한 모습, 쓸모없는 존재, 가족들의 싸늘한 반응은 벌레로 변신했기 때문이다. 그의 변신은 유죄이다. 샤르트르는 존재하는 모든 사물은 '본질이 존재에 앞선다.'고 했다. 인간은 존재하는 자체만으로도 가치가 있다. 복잡한 삶 속에서 우리의 변신은 계속된다. 그레고르는 벌레가 된 이전에도 이후에도 존재의 의미를 찾지 못한다. 세상과의 소통 불능, 가족들의 몰이해에 저항하지 못하고 고립된 존재로 무의미한 죽음을 맞이한다. 주인공 그레고르 잠자의 존재 이유는 주체적인 삶이 아니라 가족들의 생계를 책임지는 경제적 기능이다. 자신은 없고 오로지 타인을 위한 삶, 도구적 존재로서 삶이다. 변신을 통해 가족에 대한 책임감에서 벗어나고 삶의 고통에서 탈피하는 방편으로 삼는 주인공은 분명 유죄이다. 그레고리의 변신은 인간의 순수한 본성이나 사랑이 받아들여지지 않는 단절된 사회 속에서 소외감을 느끼는 우리의 모습일지도 모른다.

변신은 무죄

초가을이 시작될 무렵 K 문우의 정원에서 팔인회 문우들이 모여 파티를 열었다. 흔쾌히 모임 장소를 제공한 주인장을 비롯해, 교장 퇴임을 하신 C와 L 문우, 고위직 공무원이셨던 K 문우, 우리의 영원한 회장 젠틀맨 H 문우, 인맥의 달인 J 문우, 거침없는 여장부 L 문우, 플로리스트 G 문우, 모임의 살림을 책임지고 있는 O 문우가 입장했다. 바비큐 재료가 준비되었다. 숯불에 두툼

한 고기를 익혀 시큼한 묵은지를 한쪽 얹으니 기가 막힌 맛이다. 달달한 포도주, 알싸한 소주, 시원한 맥주가 곁들여지니 분위기를 더했다. 가을 밤하늘 아래 노랫가락이 흐르고 해학과 풍자가 가득한 대화가 꽃을 피웠다. 팔인 팔색의 변신이었다. 문우님들의 각양각색의 퍼포먼스로 파티가 절정을 이루었다.

문학모임 팔인회에 합류하고 첫 모임이었다. 대부분의 사람은 나의 첫인상을 깐깐하고 사무적인 사람으로 보며 말을 붙이기 어려워한다. 그래서 처음 만난 사람들에게 내가 먼저 다가가려 애쓰는 편이다.

'익숙한 나'에게서 벗어나 '낯선 나'로서 변신을 시도했다. 파티가 무르익어 갈 무렵, 차 안에 미리 준비해 둔 복고풍 의상을 입고 나타났다. 분홍색 나팔바지와 짧은 재킷을 입고 빠글빠글 흑인 곱슬머리 가발을 쓰고 파티장에 등장했다. 회원들은 나의 느닷없는 변신에 잠시 당황했지만 곧 하나둘씩 음악에 맞춰 몸을 흔들기 시작했다. 평소에 쉽게 근접할 수 없었던 선배 문우님들의 손을 잡으니 몸이 저절로 리듬을 탔다. 순식간에 파티장이 대학 시절 다녔던 디스코장이 되었다. 우리는 모두 무장 해제되었다. 사회적 계급장을 떼고, 체면도 염치도 벗어던지고 하나가 되었다. 그날 우리의 변신은 무죄였다. 각자 낯선 나로의 변신이었다. 우리는 진정한 글 벗이 되었다.

버팀목

이른 새벽 전화벨이 울린다.

"어미야, 나 병원 좀 데려다 줘."

시어머님의 다급한 목소리다. 골다공증이 심한 어머님이 아침에 일어나다 허리를 삐걱했는데 움직이지 못하겠다고 하신다. 119로 연락하고 병원으로 향한다. 다행히 뼈가 부러진 흔적이 없다고 한다. 의사 선생님은 연세가 있으니 며칠 입원해서 잘 움직일 때 퇴원하라며, 골다공증이 심하니 검사를 겸해 MRI를 찍자고 한다. 아무 이상이 없단다. 그런데 병원에서 병을 만들었다. 방사선 촬영기사가 어머니를 부축해 준다고 일으키는 과정에 갈비뼈가 부러졌다.

지난봄, 이천에서 본 반룡송이 떠올랐다. 신라시대 풍수 대가였던 도선선사는 큰 인물이 태어날 것을 예언하고 전국의 명당을 찾아내서 소나무를 심었다. 함흥에서는 조선 태조, 서울에서는 영조, 계룡산에서는 정감鄭鑑이 태어났다고 전해진다. 이곳도 그 명당 중의 하나이다. 산수유 마을에서 오 분 정도 내려오니 천년의 세월 마을의 평화와 안녕을 지켜온 수호목 반룡송이 보인다. 마을 벌판에 고고히 떠 있는 연꽃의 형상으로 사방으로 가지를 퍼트려 넓은 면적을 차지하고 있다.

반룡송은 '오래 산다는 뜻에서 용송龍松, 만년송萬年松'으로도 부른다. 소나무는 위로 향하고 곧고 바르나, 반룡송은 몸을 엎드려 웅크리고 앉은 모습이다. 반룡은 '하늘로 승천하기 전에 땅에 서려 있는 용'을 말한다. 지상에서 얼마 오르지 않는 곳에서 가지가 사방으로 갈라져 수관이 평평하다. 마치 잎이 바닥에서 피어난 듯 무성하다.

용의 자태가 삶의 풍파를 다 품은 듯하다. 똬리를 틀어 천지의 기운을 머금은 나뭇가지가 용트림하고 있다. 천년의 용트림은 오랜 세월 후손들의 안녕을 기원하며 버티어 낸 세월의 흔적이다. 이제는 수십 개의 지지대가 반룡송의 가지를 떠받치고 있다. 곁가지가 한없이 옆으로 자란 것은 지지대가 버팀목이 되었기 때문이리라.

시어머님은 집 안의 버팀목 같은 존재였다. 고난 속에서도 평생 자신을 다스리며 올곧게 사셨다. 궁핍했지만 언제나 당당하고 부끄럽지 않은 삶이었다. 누군가의 버팀목이 되어 준다는 것이 얼마나 든든한 삶인가. 어머님은 가장의 역할을 했다. 다섯 자식의 격려자, 단단한 삶의 지지자였다. 흔들림 없이 엄마의 자리를 지켜냈기에 자식들은 힘든 과정을 잘 이겨내고 각자 삶 위에 자리매김하고 있으리라.

누구보다 총명하고 지혜롭고 다정다감하신 어머니였다. 그런 분이 세월 앞에서 하나씩 당신을 내려놓고 있다. 어머님은 언제든 내 편이고 결혼생활의 버팀목이었다. 친정어머님 대신 든든히 내 옆을 지켜주시던 어머님이 정신도 육체도 점점 기울어져 균형을 잃고 있다. 조그마한 일에도 서운함이 많다. 아픔에 대한 공포도 가득하다. 청력이 떨어져 큰 소리로 말을 해야 알아듣고, 했던 말을 기억하지 못하고 반복한다. 당신보다 상대를 배려하며 평생 사신 어머니가, 당신 위주로 판단하고 생각한다. 시어머님은 영원히 내 곁에서 용기와 희망을 주며 지혜로운 어른으로 계시리라 믿었기에 더욱 안타깝다.

어머님의 뼈는 갈수록 약해지리라. 벌써 네 번째, 척추 사이에 버팀목을 세우는 시술을 했다. 어머님 평생 삶의 무게가 얼마나 무거웠을까 싶다. 어머님은 자식들에게 늘 미안하다 하신다. 어쩌면 우리 모두 어머님의 삶의 무게 위에 존재했는지 모른다. 이제는 자식들이 어머님의 버팀목이 되어드릴 시간이리라. 어머님

양어깨에 짊어진 무거운 짐을 이제는 하나하나 벗으면 좋겠다. 불우한 유년의 기억도, 사는 동안 고통도, 미움의 기억도, 노여움과 고단함도 모두 내려놓으면 몸도 마음도 가벼워지리라.

흙 한 줌 없는 벼랑 끝 바위 위에 뿌리내리고 세월을 버팀목으로 삼아 살아가는 소나무가 있다. 천년만년 오래도록 사는 반룡송도 지지대에 기대어 고고함을 잃지 않고 있다.

어머님도 버팀목 같은 자식들 의지하며 편한 마음으로 사시면 좋겠다. 자식들의 짐이 되는 것을 부담스러워하는 어머니시다. 부모가 자식을 돌보고 자식이 부모를 돌보는 것은, 누군가에게 버팀목이 되었다가도 언젠가는 기대어 사는 인생과 같으리라. 그러기에 세대가 이어지고 세상이 이어지고 인간의 역사가 남는 것이 아닐까 싶다.

시누이가 어머님 허리 보호대를 사 왔다. 앉고 일어날 때 허리의 버팀목이 되어 준단다.

남편의 보물

우리 집 베란다는 남편의 보물창고다. 남편의 보물은 주인의 후광에 힘입어 베란다 한구석을 당당히 차지하고 있다. 삼십 년이 넘은 세상 이야기들이 몇 보따리씩 묶여 있고, 겉표지가 바라고 네 귀퉁이가 닳아있는 헌 책들이 청테이프를 두른 채 여덟 자 책장 속에 버티고 있다. 책장 유리문이 몇 개나 빠져나가고 선반도 내려앉아 제구실을 못 하건만 남편은 아직도 미련을 버리지 못한다.

오 남매 외아들인 남편과 처음 만나던 날, 결혼의 세 가지 조건을 말했다. 그중 하나가 부모님에게 생활비를 드리며 부모님을 끝까지 돌보아 드려야 한다는 것이었다. 대가족제도에서 평범하게 자란 나로선 남편의 사정을 크게 염두에 두지 않았다. 우리는 최소한의 혼수를 준비하고 나머지 여윳돈은 전셋집 마련에 보태기로 했다. 친정에서는 집안 혼사의 마지막인 막내 결혼식을 거창하게는 아니라도 격식은 갖추어 보내고 싶어 했다. 친정 가족들의 마음과는 달리 남편은 기본적인 혼수품마저 마다했다. 그런 남편이 단 하나, 책상과 책장은 있었으면 하는 의사를 내비쳤다. 신혼여행을 다녀와 정리된 여덟 자 책장과 책걸상을 바라보던 남편의 흐뭇한 표정은 지금도 내 기억 속에 고스란히 남아 있다.

결혼할 때 남편은 혼수 대신 열 개도 넘는 보따리를 가져왔다. 여러 색의 보자기엔 신문 스크랩한 공책이 가득했다. 중요한 기사에 그은 형광펜과 볼펜 자국이 흐릿한 것을 보니 꽤 오래도록 스크랩을 한 것 같았다. 영역별로 분류해 정리된 기사는 세상을 담아 놓은 이 세상 딱 하나뿐인 백과사전이었다. 잦은 이사 때마다 보따리를 신줏단지처럼 여기며 옮겼을 테다. 남편에게 신문은 삶의 보고報庫요. 인생의 지침서였던 것 같다.

이젠 남편이 신문을 보느라 뒤적거리는 소리나, 기사를 분류해 오려 붙이는 모습은 볼 수가 없다. 디지털 시대에 살다 보니 인터넷 신문의 편리함에 길들여서이다. 남편이 헌책방을 다닐 이유도 없어졌다. 삶에 여유가 생겼다는 의미도 되지만 필요한 책이 있으면 도서관을 향하고, 손바닥만 한 스마트폰 속에 수백 권 이상의 정보가 있기 때문이다.

남편 덕분에 나도 신문예찬론자가 되었다. 아침마다 커피 한 잔 마시며 잉크 냄새도 채 가시지 않은 신문을 펼쳐 세상 구경하는 맛에 푹 빠져 살던 때가 그립다. 촌각을 다투어 밤새 산통을 겪고 이른 새벽 탄생한 조간신문은 언제나 우리 부부에게 든든한 아침 밥상이었다. 학원 학생들에게 빠지지 않게 내는 과제가 신문스크랩이다. 일주일간 일어난 관심 있는 세상 이야기를 정리해서 준비한 내용으로 토론한다. 세상을 간접 경험하고 자기 생각을 풀어 놓는 녀석들이 대견하다.

은행이나 공공기관에 비치된 신문을 보면 반갑기 그지없다. 감성을 주관하는 것은 책이고 지성을 주관하는 것은 신문이다. 남편이 보물로 여기는 책과 신문은 가슴으로 느낀 감성이 지성과 결합해서 삶의 양식으로 자리매김할 터이다. 아무리 인터넷이 과점寡占해 버린 세상이라고 해도 활자로 채워진 책과 종이신문은 지성과 감성이 모두 배합된 매력덩어리 그 자체임이 분명하다.

아직도 남편의 신문 보기와 도서관 출입은 계속 진행 중이다. 특히 신문 보기는 하루의 우선이다. 여러 신문사의 기사를 읽으며 세상을 내다본다. 가족들의 역할에 따라 알아두면 좋은 기사나 필요한 정보를 정리해 카톡으로 보내준다. 덕분에 세상살이에 톡톡히 도움이 된다. 초스피드 시대다. 스마트폰을 열면 온갖 정보가 기다린다. 하지만 신문의 본질은 그대로다. 세상에 어떤 일이 일어나고, 문제 상황이 무엇이며, 어떻게 대비하며 살아야 하는지 답을 찾게 한다. 신문을 어떤 매체로 보는지가 중요치 않다. 인터넷 신문이든 활자 신문이든 무슨 상관인가 싶다. 현대 사회는 인간관계가 점점 멀어지고 타인으로부터 소외되어 간다. 발 빠른 정보는 삶의 질을 바꾼다. 세계는 하나가 되고 있다. 그 지점에서 보면 신문은 세상과 소통하며 사는 통로가 아닐까 싶다.

아파트 정문을 빠져나가 얼마 지나지 않으면 신문 보급소가 보인다. 늦은 밤이다. 내일 새벽 배달될 신문에 광고 전단을 끼워 넣는 아저씨의 손길이 바쁘다. 잠시 발길이 멈춘다. 신문 활자 냄새가 내 삶의 생기처럼 전해 온다.

월전미술관

나무가 사방을 둘러치니 병풍과 다름없다. 설봉공원에 있는 호숫가 '힐링로드'를 걸으며 지난 한 주간의 일상을 내려놓는다. 호수에서 보이는 설봉산의 중턱쯤 학의 모습을 형상화한 건축물이 보인다. 이천시립미술관이다. 한국화의 대가 월전 장우성 선생을 기리고 기념하기 위해서 만든 미술관이다.

한 예술가의 삶을 하나로 집약시켜 표현한 건축물이다. 광장 앞에 선다. 음陰과 양陽의 공간이다. 설봉공원이라는 자연적 입지를 고려한 설계로 양의 건물과 음의 외부 자연 공간이 서로 맞닿아 조화를 이룬다. 달의 공간이고 비상하는 학鶴의 공간이다. 선생은 달을 유난히 좋아했다. 화백의 호號가 월전月田인 이유이다.

달의 이미지를 건축의 중심으로 잡았다. 미술관 입구의 원형의 광장은 큰 호수를 의미한다. 호수 수면에 비친 달의 이미지를 떠올리도록 공간을 만들고, 그 주변에 비상하는 학의 날갯짓이 연상되도록 설계했다고 한다. 선생의 고결한 삶의 숨결과 예술혼이 흐른다. 그 시공간에 서서 절로 숙연해짐은 선생이 참 예술인이었고 후대 제자들의 참 스승이었기 때문이다. 월전 선생은 평생을 한국화의 새로운 형식과 방향을 모색하여 우리 화단을 이끈 한국 미술계의 거장이다. 시·서·화 詩書畵를 완벽히 갖춘 문인 화가다. 간결하고 압축적인 묘사로 현대의 감각을 더해 한국화의 새 지평을 열었다. 순수한 정감으로 격조 높은 예술세계를 펼쳐 보인 선생의 정신은 시대가 지날수록 더욱 빛을 발한다.

　미술관 위쪽 월전관으로 오른다. 생전의 마지막 작업실을 원형에 가깝게 재현한 건물이다. 월전 선생은 학처럼 단아한 모습으로 붓을 들고 그림을 그린다. 겉은 물 흐르듯 담담하나 치열한 예술혼으로 사신 생전의 모습 그대로다. 흐트러짐이 없다. 두루마기 자락. 곧은 선은 선생의 올곧은 성품을 보는 듯하다.

　월전관 창문 너머 선생의 묘소가 보인다. 선생의 유지를 상징하는 상징물이다. '긴 세월 월전 예술의 숨결을 이어가는 본류로 삼기 위해' 월전화사 78세 상月田畵師 七十八歲 像을 흉상으로 안치했다. 구순九旬에 이르도록 화필과 더불어 평생을 살아온 위대한 예술혼을 상징하고자 종이와 붓과 벼루, 지필연紙筆硯을 조각했다.

선생의 후학들은 한국동양화단에서 존경받는 교육자가 많다. 생을 마감하기 직전 후학들에게 '손끝의 재주에만 안주하지 말고 많이 사색하고 고뇌한 끝에 얻어지는 작품이라야 예술성을 부여받을 수 있음을 명심하라.'는 유지를 남기셨다. '자신을 돋보이려는 행위는 선비로서 할 일이 아니다.'는 신념으로 당신을 과시한 일 없이 94세로 일생을 마감하셨다.

월전 선생은 한국화단의 발전을 위해 사재를 사회에 환원하여 월전미술문화재단을 설립했다. 이어 '공익적 성격을 더하고자 이천시립 월전미술관으로 전환한다.'는 유지를 남기셨다. 선생의 대표작품과 국내외 고미술품의 가치를 알리며 다양한 전시기획 및 학술연구, 지역민들의 정서 함양에 이바지하고 있다.

다시 미술관으로 온다. 선생의 작품을 감상한다. 이전 시대의 다양한 서예가의 작품을 연구하여 자신만의 방식으로 소화해 융합된 독창적인 작품이다. 섬세한 초상화에서부터 간결한 수묵화, 인물화까지 작품세계의 다양한 변화가 놀랍다. 단아하고 고전적인 여성의 모습이다. 성모와 아기 예수를 한국적으로 표현했다. 선글라스에 물들인 머리, 담배를 물고 휴대폰을 들고 있는 20세기 신세대 여성의 모습도 놓치지 않는다. 효녀 심청 초상에서부터 희망찬 대학생의 초상, 캠퍼스에서 열띤 토론을 나누는 대학생들의 건강한 모습도 화폭에 담았다.

고전적 미인에서부터 현대 여성의 초상까지 다양한 인물화를 그리며 월전 선생이 추구했던 것은 소통하는 삶이었으리라 생각된다. 선생의 삶을 기리며 참 예술인이란 무엇인가 생각한다. 작가로서의 나는 선생의 말씀처럼 손끝의 재주에만 안주하지는 않는지, 나의 사유를 독자에게 강요하지는 않았는지, 나를 넘어 타인의 삶에 공감하려 애쓰며 살았던 적은 있는지 생각한다. '글은 곧 그 사람이다.'라는 말이 있다. 사유하고 성찰하여 담금질 된 글로 나를 숙성시켰는지 자신을 돌아본다. 수필을 쓰는 일은 나를 정화하는 과정이고, 타자되기를 통하여 우리 – 되기를 하는 것이다. 우리 – 되기는 하나가 되는 일이다. 하나가 된다는 것은 월전 선생이 추구했던 예술정신, 소통하는 삶이다.

월전 선생 예술의 궁극적인 목적인 진정한 삶, 바른 삶, 참삶의 명제는 나 또한 깊이 새겨볼 일이다.

호호 아줌마

그곳에 가면 그녀가 있다. 경포대 바닷바람을 껴안고 나지막한 건물 몇 동이 자리 잡은 그곳이 그녀의 집이고 삶의 터전이다. 그곳을 찾는 여행객들은 그녀를 '호호 아줌마'라 부른다. 8년 전 그녀는 남편과 펜션 사업을 시작했다. 경포 해수욕장을 들어서는 길목에 자리 잡은 펜션이다. 경포호수가 있고 둘레길 옆 솔밭에서 불어오는 솔향이 가득하다. 두 부부가 만들어 놓은 꽃밭엔 계절의 꽃들이 연이어 만발한다. 강릉에 여행을 와서 이곳에 머물다 간 사람들은 언제고 다시 이곳을 찾는다. 손님들의 비위를 척척 맞추는 구수한 입담과 넉넉한 마음씀으로 여행지의 유쾌함을 더해 주는 호호 아줌마가 있기 때문이다.

○○교과논술 회사에 다닌 적이 있다. 전국 지역 국장들은 정기적으로 본사 회의에 참석차 서울에 모였다. 고 국장과는 강릉

과 청주행 버스를 타기 위해 터미널에서 함께 시간을 보내며 친해진 사이다. 평생 학생만 가르치던 내가 처음 조직 생활을 하니 생소한 점이 한둘이 아니었다. 고 국장님은 지국 운영에 대한 노하우도 풍부하고, 회사에 대한 열정, 학부모님들과의 관계, 교사 관리 등 배울 점이 많았다. 회사가 피치 못할 사정으로 문을 닫기 전까지 국장님과 나는 정보를 교환하며 회사에서 나름대로 좋은 평가를 받았다. 그 후 나는 학원을 운영하고 국장님은 다져진 영업력을 바탕으로 펜션 사업을 하게 되었다.

가끔 이천에서 강의가 끝나면 강릉으로 향한다. 내 집처럼 편하게 쉬다 올 수 있는 그녀의 펜션이 있기 때문이다. 나는 한곳에 머무는 여행보다 일정을 짜서 되도록 여러 곳을 돌아다니는 여행을 한다. 일상이 너무 팍팍하다 보니 주어진 시간에 최대한 많은 곳을 여행하려는 욕심 때문이다. 그런데 호호 아줌마가 사는 강릉은 금방 다녀와도 또 가고 싶은 여행지이다. 아무리 만나도 질리지 않는 매력덩어리 호호 아줌마가 있어서이다.

호호 아줌마는 말이 따발총이다. 매사 거침이 없다. 비유와 풍자를 덧붙인 그녀의 입담 앞에선 모두 넋을 잃는다. 호호 아줌마는 무한 긍정의 아이콘이다. 아담한 체구에 리더십까지, 어디서 그런 에너지가 나오는지 모를 일이다. 그녀의 유쾌함이 복잡한 일상을 다 덜어내기 충분하기에 그곳에 머무는 여행객들은 그야

말로 제대로 된 힐링을 하고 간다.

코코샤넬, 베르사체, 도나카란, 이세미야끼….

그녀의 펜션에 붙여진 방의 이름이다. 호수 동에서 거실문을 열면 경포 호수가 보이고 벚꽃이 고고한 자태로 서 있다. 무심히 자라는 자연과 벗할 수 있는 곳, 거기다 커피 향이 바닷바람에 실려 다니는 이곳을 마지막으로 찾아왔다. 그녀가 이곳을 떠나기 때문이다. 언제든 마음만 먹으면 떠날 수 있는 장소가 없어진 다는 것은 아쉽다. 하지만 호호 아줌마의 웃음 뒤에 가려진 어려움을 알기에 또 다른 삶의 시작을 응원한다.

누구나 가고 싶은 여행지를 찾기란 쉽지 않다. 난 사실 남들이 잘 알고 있거나 많이 가는 곳을 선호하지 않는다. 럭셔리하거나 편하지 않아도 된다. 사람들이 단순히 어디를 가보았다고 말할 수 있는 것 이상의 여정을 좋아한다. 여행은 나와 장소만의 관계를 친밀하게 형성해가면서 그것을 추억과 기억이라는 것에 소중히 담아내는 작업이다.

여행은 내 안에 나를 발견하고 부족한 나를 채우는 시간이다. 새로운 경험을 하며 새겨두고 싶은 것을 남기는 작업이다. 다녀 온 곳을 다시 가고 싶다는 건 또 다른 무엇이 남아 있기 때문일 것이다. 사람 관계도 단순히 만나서 차 한번 마신다고 그 사람을 안다고 할 수 없다. 호호 아줌마는 만나면 만날수록 정감이 간다. 가도 또 가고 싶은 여행지처럼 만나고 돌아오는 길에도 다시 생각나는 사람이다. 호호 아줌마와 곱고 긴 인연을 이어가고 싶다. 언제든지 떠날 수 있는 곳, 언제든지 나를 반겨주는 사람이 있다는 것에 작은 행복감을 느낀다.

펜션에서 마지막 밤을 보내고 맞이한 아침이다. 그녀 남편의 손이 바쁘다. 단감을 따고. 더덕과 도라지를 캐서 차에 듬뿍 실어 준다. 호호 아줌마 부부의 펜션은 내 인생길에 영원히 기억되는 여행지로 남는다.

5

관용과 용서

블랙스완

발레는 '인간의 몸으로 표현할 수 있는 최고의 아름다움' 중에 하나라고 한다. 절제된 기교와 섬세한 표현을 통한 열정적 동작을 펼치는 한 여인의 몸짓이 영화 블랙스완의 첫 화면을 장식한다. 영화 블랙스완의 주인공 '니나'는 예술의 완벽함을 추구하는 한 여인의 욕망을 그려 낸다. 그녀는 무엇을 욕망하는가. 영화가 끝나는 시점까지 완벽함을 추구하려 끊임없이 노력한다. 그녀에게 완벽함이란 '검은 백조(The black swan)'로의 변신이다.

'니나'는 영국 로열 발레단에서 4년 동안 연습을 한 발레리나다. 연약하고 순진한 백조를 연기한 그녀는 그토록 소원하던 스완 퀸 자리를 차지한다. 하지만 기쁨도 잠시, 그녀에게 도발적이고 매혹적인 흑조의 관능미를 표현해야 하는 과제가 놓인다. 니나는 순수하고 절제된 동작의 백조는 완벽히 소화하지만, 흑조로서의 연기는 피나는 연습에도 불구하고 단장의 기대에 늘 못 미친다.

단장의 질책은 이어진다.

"너를 보고 있으면 나한테 보이는 건 백조가 전부야."

"그동안 네가 춤을 출 때마다 모든 동작 하나하나를 완벽하게 하는 강박은 봤지만, 자신을 풀어주는 건 본 적이 없어."

단장은 '완벽이란 통제가 아니라 해방을 통해 얻어진다.'고 하며 완벽한 흑조로 탄생하기 위한 조언을 한다.

이 영화에서 주인공 '니나'는 몸은 하나이나 두 명의 자아가 싸운다. 타인이 원하는 대로 사는 '니나'와 내가 원하는 대로 살고 싶은 '니나'가 영화가 끝나는 시점까지 치열한 싸움을 한다. 백조와 흑조와의 싸움이다. 그녀의 엄마는 발레리나가 꿈이었던 자기 욕망을 '니나'를 통해 이루기를 원한다. '니나'에게 자신은 없다. 엄마의 욕망을 채우는 도구로 산다. 그런 '니나'가 진정한 예술가로서 거듭나기 위해 타인의 욕망에 저항하기 시작한다. 엄마의 삶이 아닌 자기 삶을 살기로 결심하며 욕망의 주인이 되기위해 처절하게 자신과 싸운다.

'니나'는 완벽한 블랙스완의 역할을 해내는 과정에서 망상, 신경증, 어머니에 대한 반항이 이어진다. 그녀에겐 어머니가 심어준 백조로서의 정체성과 발레리나로서의 완벽해지고 싶다는 흑조로서의 갈망이 공존한다. 흑조가 되기 위해서는 반드시 백조를 깨야만 한다. 빼앗으려는 흑조와 지키려는 백조 간의 심리전이 '니나'를 더욱 괴롭힌다.

그동안 그녀를 가장 억압했던 것은 아이러니하게도 그녀 자신이다. 자신을 놓아주라는 단장의 말대로 '니나'는 과거의 나와 결별한다. 흑조는 '니나'의 욕망이자 또 다른 자아다. 환상 속에서 자신을 괴롭히던 두려운 흑조의 상을 죽여 버리는 환상을 스스로 연출한다. 그동안 흑조에 대한 거부감과 번뇌를 벗어나 흑조에게 온전히 자신을 맡기고 완벽하게 흑조를 연기해 낸다. 관객의 박수 속에 몸을 던진 '니나'는 백조의 죽음과 함께 블랙스완으로 거듭난다. 자신 안의 착한 딸, 엄마의 욕망대로 사는 나를 죽이고 욕망의 주인으로 다시 태어난다.

언어의 굴레 속에서 '니나'가 말하는 완벽함은 설명될 수 없다. 누구도 타인이 가진 감정, 사고를 느낄 수 없기 때문이다. 타자의 욕망과 나의 욕망은 같을 수 없다. 프랑스 정신분석학자 라깡은 '타자의 요구에서 해방되어 자신의 고유한 욕망과 충동을 만족시키고 발견해야만 한다.'고 말한다. 타자의 포로가 되면 자신이 하고자 하는 일이나 느끼고자 하는 진정한 만족감을 느낄 수 없다는 말이다.

'my little princess'

이 말은 단장이 백조의 호수에서 스완 퀸을 연기한 베스에게 했던 말이다. 'my little princess'는 '니나'가 된다. '니나'에게 자리를 빼앗긴 베스의 자살은 베스가 단장의 욕망에서 벗어나지 못함을 의미한다. 우리에게 영원한 완벽함이란 없다. 단장의 욕망에 따라 'my little princess'는 얼마든지 바뀔 수 있듯이 우리가 바라는 욕망이 채워져도 완벽하게 내 곁에 머물러 있지 않다. 그래서 우리는 늘 공허하고 외로운 존재인지 모른다.

영화에서 '니나'의 욕망 발현의 끝은 '완벽'이다. 한 예술가의 완벽함에 대한 집착과 예술적 완벽함을 이루기 위해 변해가는 모습을 보여 준다. '니나'는 자신의 욕망이 타인의 것이라는 것을 알고 나서야 블랙스완을 완벽히 연기할 수 있었다. 타인의 욕망에 저항했고 그 너머 백조인 자신을 처절하게 깨트리는 고통을 통해서 자신의 욕망을 찾았다.

인간은 완벽한 삶을 지향한다. 완벽함은 욕망을 향해가는 과정이다. 어느 정도의 욕망은 우리 삶의 희망이다. 그것이 있기에 우리에게 삶의 의미가 부여되고, 존재 이유를 더한다. 하지만 더러는 타인의 욕망을 위해 사는 것이 아닌지 되물어 볼 일이다. 내가 욕망의 주체가 되는 삶으로 이끌어 가야 한다. 그것이 진정한 나와 마주보는 일이기 때문이다.

수간주사

　겨우내 잎 하나 건사하지 못했던 양버즘나무(플라타너스)가 서둘러 잎을 키운다. 머지않아 무더위에 지칠 사람들을 위해 좋은 그늘이 될 넓은 잎 성장을 재촉하나 보다. 가로수 길에 늘어선 양버즘나무는 자신의 소임을 다하며 묵묵히 자리를 지킨다. 진재고개를 오르내리는 자동차들이 내뿜는 독소를 자기 조직에 흡착시키고 맑은 공기를 내보낸다.

　청주의 명물 중 하나가 가로수 길이다. 경부고속국도 나들목까지 7킬로 가까이 양버즘나무가 이어진다. 초록색으로 덮인 봄 새싹, 짙푸른 숲 터널, 농익은 가을 단풍, 휑한 겨울나무 위의 눈꽃, 가로수 길은 사계절 색다른 모습을 연출한다. 나의 하루는 베란다로 나가 가로수길 풍경을 보는 것으로 시작된다. 둘째가 중학교에 들어갈 무렵 가로수길이 보이는 아파트로 이사를 왔다. 11층에서 내려다보이는 가로수는 푸른 초원이다. 계절에 따라, 시간에 따라 서로 다른 이야기를 전하니 내겐 집이 힐링의 공간이다.

요란한 굉음이 아침잠을 깨운다. 베란다 창가를 내려다본다. 각기 다른 명찰을 달고 있는 양버즘나무 줄기에 구멍을 낸다. 드릴은 괴물이 무방비 상태의 생물을 거침없이 잡아먹듯 사정없이 양버즘나무의 몸속을 뚫고 들어간다. 아낌없이 자신을 내어주고 아무런 생색도 내지 않는 양버즘나무는, 암녹색 얼룩을 훈장인 양 달고 침묵할 뿐이다.

출근 준비를 하고 집을 나선다. 나무 밑동에 뚫린 구멍으로 뽀얀 속살을 드러낸다. 버짐[白癬]이 옮았는지 얼룩이 온몸에 번져 있건만 아무런 미동이 없다. 액체가 든 플라스틱병을 파낸 구멍마다 매달고 있다. 조경사는 수간주사를 맞는 거라 한다. 벌레가 생기는 것을 예방하거나, 영양 보충이나 병을 치료하기 위해서 나무줄기에 주사를 꽂거나 구멍을 뚫어 약물을 주입하는 거란다. 양버즘나무가 사람처럼 예방주사를 맞는 셈이다.

오늘따라 가로수 길이 생소하다. 양버즘나무는 엉덩이마다 주머니를 하나씩 달고 줄지어 서 있다. 나무줄기에 매달은 수간주입기에 나무 주사 용기를 꽂았다. 약액이 나무의 온몸으로 흘러 들어가 가지와 잎, 뿌리로 전해져 영양을 공급하고 병해충을 방

제한다. 문득 사람의 마음엔 무엇을 달고 살까 생각이 든다. 고마운 마음과 감사의 마음보다 원망과 분노, 시기와 질투의 주머니를 달고 사는 것은 아닐까. 그런 나쁜 심성이 온 마음으로 퍼져 누군가를 미워하고 견제하며 사는지 모를 일이다. 마음에도 면역력이 필요하다. 양버즘나무처럼 가끔 예방주사를 놓아야 하리라. 내 몸에 항원을 주입하여 항체를 만들어야 삶의 면역성이 생기리라.

며칠 후 조경사들이 양버즘나무에 달린 주사액을 모두 떼어내고 뚫린 구멍도 메웠다. 수간주사를 맞았으니 별일 없이 잘 자라리라 마음이 놓였지만, 한편으로는 걱정스러운 마음도 있었다. 예방주사도 온전히 흡수되어야만 면역력이 생긴다. 수간주사액이 양버즘나무 세포 구석구석까지 흘러 들어가 도시의 소음과 공해 속에서도 굳건히 견디며 푸르고 싱싱한 잎을 키워 내기를 기원했다.

삶의 길에서 만난 고난과 고통은 내 삶의 예방주사가 될 터이다. 사노라면 끊임없이 선택의 순간을 맞이한다. 인생의 길에 걸림돌도 있고 디딤돌도 있다. 행복한 순간보다 좌절과 실패, 고통과 방황의 시간이 내 삶의 예방주사가 되어 나를 더욱 굳건히 이끌어 왔으리라.

내 마음에 얼마만큼의 면역력이 있을까. 나이가 들수록 마음도 몸도 면역력이 떨어진다. 그래서 수시로 흔들리며 사는지 모른다. 끊임없는 욕망이 마음의 흐름을 막아 생각의 시야를 어둡게 한다. 그것을 정화해야 온전히 육신까지 흡수되어 삶의 혈을 막지 않으리라. 그러니 온몸에 세월의 옹이가 지기 전에 수시로 삶의 예방주사를 맞아 볼 일이다.

가로수 길 양버즘나무는 편견도 유세도 없이 그저 세월에 순응하며 산다. 해가 갈수록 온몸으로 버짐이 번져가건만 아무런 미동도 없이 견딘다. 우리네 인생도 그러하리라. 양버즘나무는 젊음의 세월을 품고 있다. 지나온 세월은 앞으로 삶의 면역력이다. 양버즘나무는 안으로 나이테가 늘어가도 해마다 더 무성한 푸른 잎을 피워낸다. 변화무쌍한 환경 속에서도 자신을 지키고 타인의 그늘이 되는 양버즘나무의 덕성을 내 삶의 행간에 담고 싶다. 수시로 내 안의 나를 들여다보리라. 정신적 성숙의 열매를 맺어야 허심虛心으로 살아갈 수 있으리라. 허심은 내 삶의 예방주사이리라.

나를 담는 그릇

도시의 경계를 넘어 덩그러니 홀로 터를 잡고 있는 한적한 카페와 공방이다. 작업실과 전시장, 집을 겸한 세 동의 건물과 널찍한 마당이다. 건물 입구에 다가서도 아무런 인기척이 없고 스산하다. 굳게 잠긴 유리문 너머로 보이는 카페는 사람의 온기가 전혀 느껴지지 않는다. 도란도란 놓인 탁자 뒤편으로 전시된 도자기만 공간을 지킨다.

일행과 되돌아 나오려는데 어디선가 인기척이 들린다. 부부도예 작가가 나와 작업이 밀려 당분간 카페 문을 열지 않는다고 한다. 작가님은 돌아가려는 우리에게 집에 오신 손님을 그냥 보내는 것은 예의가 아니라며 기어코 차 한 잔 대접하겠다 한다. 굳게 닫힌 카페 문을 연다. 그는 직접 로스팅한 커피를 내려온다. 겨우내 무심하게 놓여 있던 커피잔에 주인의 마음이 담겨 온다. 도공의 정성으로 빚어진 찻잔에 담긴 커피의 맛과 향이 사뭇 다르다.

 카페에 전시된 도자기를 둘러본다. 도공의 손길이 세심하다. 부부가 빚어낸 작품이라 더욱 느낌이 남다르다. 작가는 단순한 생활자기의 유려함을 넘어, 트렌디한 생활의 윤택함을 배가시키는 아름다움을 담고 싶다고 한다. 부부 작가는 작업실로 우리를 안내한다. 완성된 작품은 여느 도자기와 비슷한 형태인 듯 여겨지나 분명 다르다. 작가는 작업 과정에서 '태'를 가장 소중히 여긴다고 한다. 작가가 추구하는 형태가 무엇일까 궁금하다. 형태가 가지는 강렬함을 자신만의 작업 방식으로 만들어 내는 것이라 한다.

 작가는 하나의 디자인을 오래 고집한다. 그것은 새로운 것에 대한 거부가 아니다. 익숙한 것에 대한 작은 변화의 추구이다. 그러기에 작가는 색감의 미와 형태의 미를 균형 있게 담아낸다. 전통에 현대를 덧입혀 새로운 것을 창조한다. 이런 작가의 방향성은 남다른 작품을 탄생시킨다. 그러니 온전히 작가의 정신을 담은 세상에 단 하나의 그릇이 분명하다.

 부부 도예가의 작품은 세계에서 인정받는다. 트렌드를 의식하지 않는 부부 도예가의 남다른 정신 때문이다. 한국의 미에 장인의 감성, 새로운 생활 속 트렌드가 융합되어 전통의 가치를 재창

조해 낸다. 작가의 작품은 독특하다. 쓰임새도 편리하다. 전통이 살아 숨 쉬는 그릇, 그 본질 속에 보이지 않는 감성과 히스토리까지 세심하게 담는다. 한국의 단아한 아름다움과 전혀 부담스럽지 않은 무게감이 고급스럽고 정성스러운 식탁을 차려낸다. 명품으로서의 인정을 충분히 받을 만한 작품이다. 모방이 아니라 온전히 작가의 영혼을 담은 '나를 담는 그릇'이기에 가치를 인정받는 것이 아닌가 싶다.

똑같은 음식이라도 담아내는 용기나 방식에 따라 다른 기분을 선사한다. 예전에는 집에서 혼자 밥을 먹을 때 대충 차려서 먹었다. 나이가 들면서 혼자 먹는 식탁이지만 플레이팅을 한다. 위로받고 싶어서이다. 그러면 분위기 좋은 식당에서 정성스러운 음식 한 상을 대접받는 기분이 든다. 가끔 반찬을 사 온다. 직접 만든 반찬은 아닐지라도 우아한 그릇에 담으면 격은 한층 더 높아진다. 대단한 음식이 아니어도 담는 그릇이 '무엇'이냐에 따라 색다른 한 끼를 즐길 수 있다.

나는 어떤 그릇에 담겨 있을까 생각한다. 그릇은 일상에서 쓰임이 있고 편리함이 더하고, 더불어 아름다움까지 겸비하면 제 값어치를 한다. 조금 투박해도 작가의 따스한 손맛이 느껴지는 그릇처럼 말이다. 도자기의 독특한 질감과 색감은 흙과 유약에서 나온다. 나를 담은 그릇은 내 삶의 모든 순간이 흙과 유약이 되어 빚어졌을 터이다. 그 속에 세월의 풍파가 녹아있으리라. 도전과 실패, 역경과 고난을 통해 세상의 이치를 깨달으며 내 삶의 레시피를 만들었으리라.

오늘 아침 광주요에서 사 온 도자기 그릇을 식탁에 올렸다. 왠지 정겹고 사랑스럽다. 시원스레 뻗은 직사각형의 그릇은 테이블의 중심을 듬직하게 잡아준다. 어떤 음식을 올려놓아도 꽤 멋스럽다. 각이 있고, 곡선이 있어 매력적인 그릇과 컵들이 식탁 위 감성을 한결 특별하게 만들어 준다.

그곳에 나를 담은 그릇 하나를 놓는다. 그릇마다 나름의 역할과 기능이 있다. 나를 담는 그릇에 무엇을 담고 어떻게 담느냐에 따라 삶이 달라진다. 오늘 메뉴는 어떤 그릇이 어울릴까, 어떻게 담아낼까 고민하는 것도 식탁에 마주 앉을 사람들을 위한 배려이다. 그날의 날씨, 기분, 메뉴, 함께 하는 이들에게 어울리는 그릇에 담는 정성은 식탁에 앉은 이들을 행복하게 한다.

나를 담은 그릇 한편을 비운다. 그 공간에 타인의 생각을 담고 세상 흐름의 변화를 담아 둔다. 나를 담은 그릇은 내 삶의 식탁을 더욱 풍성하게 하리라.

길을 잃다

십 년째다. 매주 화요일이면 이천 강의를 위해 중부고속도로를 달린다. 힘들겠다 안타까워하는 사람도 있지만, 나는 오가는 길이 싫지 않다. 일상을 벗어난 시공간에서 사색하며 나를 만나는 길이기 때문이다. 이틀간 일정이라 수요일 오전은 오롯이 나만의 시간이다. 별다른 일이 없으면 수업 전까지 설봉공원 미술관 카페에 머문다. 작가라는 사실을 알게 된 카페 여사장님은 나를 위해 전망이 좋은 한적한 자리를 마련해 준다. 타지에서 편히 머물 자리가 있다는 건 존재감을 깨닫는 행복이다.

이른 아침 카페에서 브런치를 시켜 놓고 컴퓨터를 켠다. 창가를 내다보니 가을이 완연하다. 화면 속 활자는 더 이상 진전이 없다. 마음은 자꾸 가을을 따라간다. 바쁜 일상으로 보지 못한 풍경들이 들어온다. 사장님이 상황을 살피더니 "오늘은 다른 생각이 많으신 것 같아요." 하며 나의 심중을 헤아린다. 한 시간 정도면 오를 수 있다며 설봉산 산행을 권했다. 일상복 차림의 산행이라 망설여졌지만, 오후 수업 시간 전에 다녀오기 안성맞춤이라 길을 나섰다.

평소에 운동을 전혀 하지 않는 나로선 버거운 산행이었다. 산등성이를 오를수록 호흡이 거칠어지며 숨이 차올랐다. 간신히 정상에 닿았다. 설봉산에서 내려다보는 인간 세상이 아스라하다. 능선에 부는 바람이 상쾌하다. 넓게 펼쳐진 구만리 황금 들판이 보이고, 설봉호수가 방짜 그릇에 물 한 그릇을 담아 놓은 듯 다소곳이 자리하고 있다. 산 아래를 내려다보며 산길은 인생 길과 닮았다는 생각이 들었다. 삶의 길에 굴곡이 있듯, 정상까지 오르는 길은 오르막과 내리막이 교차하고, 구부러지고 좁은 길이 이어진다. 등산객은 힘든 구간을 넘기고 정상에 올라서면 환희를 느낀다. 우리가 도전을 멈추지 않는 이유와 같다.

온갖 상념을 털어버리고 산에서 내려온다. 인적이 드물어서인지 하산하는 길이 유난히 적적하다. 어느 지점에서부터인가 떨어진 밤송이의 행렬이 이어진다. 줄지어 떨어진 밤을 주우며 산길을 하염없이 따라간다. 끝없이 이어지는 밤나무, 나뭇등걸에 자라는 버섯, 계곡의 물소리를 따라 무심히 산길을 따라 걷는다.

길을 잃었다는 것을 인식한 것은 산길의 막다른 지점과 마주하는 순간이었다. 다시 돌아 나가려 하나 갈 길이 묘연했다. 어디선가 개 짖는 소리가 났다. 덥수룩한 수염을 기른 남자분이 나왔다. 밤을 줍다 길을 잃었다는 것을 이미 아는 듯했다. 밤을 주워 생계를 유지하는 그분에게 나는 자신의 영역을 침범한 파렴치한 사람이었다. "여기가 어디쯤인가요, 제가 길을 잃었어요."

　그분은 하늘 끝자락이 살짝 보이는 등성이 쪽으로 손가락질하며 정상에서 올라온 정반대 방향으로 내려온 것이라고 말했다. 그 말이 전부였다.

　강의 시간을 맞추려면 더 이상 지체할 시간이 없었다. 정상으로 올라 다시 산행의 시작점을 찾아야겠다는 생각이 들었다. 수직으로 거슬러 오르다 보면 정상이 나오겠다고 생각하고 길을 재촉했다. 내비게이션을 켰다. 손바닥 위 스마트폰 속 화면은 온통 하얀 바탕이다. 빈 공간 위를 둥둥 떠다니는 점, 길을 잃은 나의 위치였다.

　지나온 길의 흔적을 오감으로 더듬었다. 스쳐 지나온 나무들, 길 양편의 산 그림자, 자연의 소리, 풀 한 포기, 나무 한 그루의 모습을 기억하며 거슬러 올랐다. 한참을 안개 속을 헤치듯 걸었을까. 익숙한 풍경이 들어왔다. 정상이다. 안도의 한숨을 쉬었다. 이정표를 꼼꼼하게 되짚으며 다시 하산했다.

　어린 시절 종종 길을 헤맸다. 그 길이 가야 할 길이 아닌 줄도 모르고 무작정 걸었다. 그럴 땐 길을 찾기보다 우는 일이 먼저였다. 어른이 되어서도 수시로 길을 잃는다. 막다른 길에 부딪히면 막연했고, 생각지 못한 길로 들어서면 당황했다. 가던 길을 포기해 버리기도 하고, 꼭 가야 할 길임에도 뒤돌아보고 망설이기를 반복했다. 아스라한 시간이 지나고 보니 내가 가야 할 길은 그대로였다. 세상 이치 배우느라 비켜 돌아간 것이지 길은 내 안으로나 있었다.

박노해의 시, 〈길〉에서 화자는 "길을 잃으면 길이 찾아오고, 길을 걸으면 길이 된다."라고 말한다. 시인은 길을 잃어도 두려워하지 말라 당부한다. 사노라면 여러 갈래의 길을 걷는다. 인생에 있어 정해진 길이 어디 있겠는가. 하지만 니체는 "세상에는 다른 누구도 아닌, 오로지 너만이 걸어갈 수 있는 길이 하나 있다."고 한다.

그렇다. 나만의 길이 있으리라. 가고 싶은 길, 주어진 길, 가야 할 길을 담담히 걸어가리라. 시인의 말처럼 '길을 잃으면 길이 찾아오고, 다시 그 길을 걸으면 길이 되니' 두렵지 않으리라.

혜민 스님은 '멈추면 보인다'라고 하였다. 다만 수시로 멈추고 제 갈 길을 잃지는 않았는지 되물어 보며 살아볼 일이다.

화담숲

마음 둘 곳 잃어버린 늦가을 아침이다. 산기슭에 고즈넉이 자리 잡은 화담숲을 찾는다. 가을 하늘을 친구 삼아 소요음영한다. 한가로운 마음 탓인가 마치 장자의 소요유逍遙遊의 경지인 듯하다. 곱게 물든 진입로 단풍나무 사이를 걷는다. 파란 가을 하늘과 대비되어 파스텔 점묘화 같다. 어느새 몸도 마음도 벌겋게 달아오른다. 200년의 세월의 흔적을 고스란히 지닌 '천년 단풍'을 지나 숲속 산책길을 오른다. 주변의 억새, 나지막한 야생화, 청명한 새소리가 삼중주로 화음을 맞춘다. 폭포의 절경이 펼쳐진 아래에, 물 위에서 단잠을 즐기는 수련이 고혹스러운 가을 풍경을 연출하며 장관을 이룬다.

숲으로 들어갈수록 가을빛이 더욱 찬란하다. 480여 종의 단풍나무가 군락을 이루는 중턱이다. 빛깔이 고운 내장 단풍, 복자기 단풍 등 생소한 이름의 단풍들이 알록달록 물결을 이룬다. 붉고 찬연한 빛을 발하며 수줍은 듯 숨겨두었던 농염을 거침없이 뿜어낸다. 숲 전체가 붉은 융단을 깔아 놓은 듯 물들여진 곤지암 화담숲의 고운 자태가 교만스럽기까지 하다.

화담숲은 자연학습의 장이 되고 있다. 사라져 가는 동물도 쉽게 만난다. 산책길을 따라 오르다 보니 붉게 물든 호수 위를 호젓하게 노니는 원앙 가족이 옹기종기 모여 체온을 나눈다. 고슴도치 가족, 도토리를 찾아 숲속 산책길을 쏜살같이 가로지르는 다람쥐도 만난다. 17가지 테마를 따라 산정까지 오르내리며 단풍에 취하다 보니 산 중턱에 이른다. 멀리 숲의 전경이 들어온다. 앞다퉈 높이를 찬양하고 더 높은 것을 소망하는 수백 종의 단풍나무에 눈길이 멈춘다. 나도 저러하리라. 타인의 덕으로 내가 존재하거늘 거슬러 오르려는 욕망만 가득한 삶이 아니었던가.

단풍나무 숲길을 내려오며 그동안 무심코 지나친 것들에 마음이 끌린다. 가장자리를 적시며 흐르는 물길, 물길 옆 습지, 바위에 옷을 입힌 지의류, 숲속 돌들을 파랗게 덮은 이끼, 풀과 풀, 키 작은 나무, 땅속 흙 한 줌이 눈에 닿는다. 땅의 아래는 인간만큼이나 많은 작은 생명이 산다. 건강한 숲 풀뿌리에 붙은 흙 속에 세균, 버섯, 곰팡이류, 미소微小동물이 미생물에 의지해 살고,

지의류와 이끼류가 미생물과 미소동물 덕택에 산다. 그 위에선 버섯이 자라나고 풀과 나무가 자란다. 가장 낮은 곳으로 스며들며 생명을 살리고 있다. 화담숲에서 낮음의 미학을 배운다. 장대한 숲을 이루게 하는 것은 바로 그 작은 생명의 덕이다. 더 낮게 더 아래로 스며들며 저를 내어주어 숲을 이루니 더욱 아름답다.

화담숲은 조화로운 삶을 추구한다. 모든 생명은 서로를 구분하지 아니한다. 수십 종의 키 큰 나무들이 풍취를 이루고, 고로쇠, 복자기, 층층나무 등이 화담숲을 풍성하게 해 준다. 오백여 종의 풀이 땅을 덮고, 작은 키 나무들이 숲 가장자리를 채워 큰 키 나무들이 비바람에 뽑히거나 부러지는 것을 막아준다.

화담숲 가을 단풍에 취해 걷다 보니 어느새 마지막 숲속 산책길 추억의 정원에 들어선다. 화담和談은 '조화롭고 정답게 이야기를 나눈다.'는 의미이다. 이런 의미를 화담숲에 담았다. 거동이 불편한 분들을 위해 완만한 경사길을 택해 산책코스도 만들었다. 휠체어를 탄 어르신들이 무릎 담요를 덮고 산책로에서 보호자와 정답게 이야기를 나눈다. 그들의 얼굴에 미소가 가득하다. 화담숲의 정다움과 넉넉한 가슴을 닮은듯하다.

숲은 자비와 화평, 겸손과 부지런함, 선善의 성품까지 품고 있다. 속세의 공명과 부귀도, 사리사욕과 편견도, 인위적인 삶의 문명도 모두 흡수한다. 그러나 좋은 숲은 저절로 생겨나는 것이 아니다. 나무가 자라는 과정마다 끊임없는 보살핌과 세심한 관심이 필요하다. 외부 환경 변화에 맞춰 자신을 적응시켜야 생명을 유지하고 성장하는 것이 숲의 속성이다. 우리의 삶 또한 그러하리라.

나누는 것은 나의 모자람까지 채워 모두 주는 것이다. 내 마음의 숲을 거닌다. 인간은 자연으로부터 비롯되었거늘 광대무변廣大無邊한 대자연의 일부만 이해하면서 자연에 군림하려는 오만함만 가득하다. 나 또한 이기심과 욕망으로 가득한 존재였으리라. 공존하는 숲을 보며 자타불이自他不二의 삶을 배운다. 타인과 조화를 이루며 사는 것이 인생이 아닌가. 숲의 조화로움과 겸손함을 닮아 가리라. 서로 위로와 위안이 되고 사랑이 되리라. 아픔과 슬픔을 나누며 더불어 가는 세상 속에 나도 존재하리라.

6

유머와 카타르시스

커피 한 잔하실래요?

지인과 만나면 부담 없이 쉽게 던질 수 있는 말이 있다. "밥 먹었니?"라는 말은 예로부터 상대의 안부를 묻는 가장 흔한 인사말이다. 밥 먹고 살기 힘들었던 시대를 살았던 어르신들의 배려와 염려가 담긴 친근한 인사말이다. 대학 시절, 남자 동기나 선배들은 "오늘 막걸리 한잔할까?" 또는 "우리 언제 소주 한잔해"라는 말로 친분을 쌓아 갔다. 어린 시절 아버지께서도 처음 만난 사람에게 "담배 한 대 하시죠."라고 권하며 서먹서먹한 관계와 어색한 분위기를 바꾸었다. 이렇게 누구든지 만나면 편하게 사용하는 말이 세월 따라 바뀌었다.

"커피 한 잔하실래요."

'커피 한 잔'이 가장 흔한 인사가 되었다. 거리마다 카페가 넘쳐난다. 세계적으로 커피는 기호 식품으로 빠져서는 안 되는 품목으로 문화의 트렌드로 자리매김하였다. 우리는 왜 이토록 커피문화에 열광하고 있을까. 커피의 은은한 향이 좋아서, 커피가 주는 편안함과 안도감 때문에, 씁쓸한 맛 속에 일상의 위로를 받을 수 있어서, 음악이 좋아서, 갓 구운 빵 한 조각과 커피를 마시며 혼자만의 시간을 갖고 싶어서, 이렇게 사람마다 다양한 이유가 있을 것이다.

커피가 우리 생활에 깊이 파고든 건 사람과 사람을 이어주는 계기를 만들어 주기 때문이 아닐까 싶다. 인간관계는 수다를 떨면서 깊어진다. 커피는 대화의 물꼬를 트게 하는 훌륭한 도구이다. TV 속 드라마나 CF에서도 '커피 한 잔'은 마음의 문을 여는 매개체 역할을 한다. 설령 잘 모르는 사람이더라도 차 한 잔은 접속의 도구가 된다. 커피 한 잔이 발전하여 연인이 되고, 오해가 깊었던 친구와 화해를 시키며, 부부간에 막힌 대화를 이어주고, 업무를 위해 보조 역할도 한다.

"커피 한 잔하실래요."

나는 커피를 마시는 잠깐의 휴식 '커피브레이크'를 즐긴다. 우리 조상들이 힘든 농사일 중에 허기와 시름을 달래 주었던 새참을 먹는 시간과 같다. '커피브레이크'는 농사일의 유일한 즐거움이고 노동의 고단함을 잊게 해 주었던 새참 같은 역할을 한다. 아침에 일어나서 마시는 모닝커피, 강의하다 잠깐 쉬는 시간에 마시는 아메리카노, 운동 후 땀 흘린 얼굴을 마주 보며 마시는 냉커피, 글을 쓰다 마시는 커피 타임은 잠시 멈춤의 시간이다. 나를 마주하기도 하며, 피로를 풀어 고갈된 생활의 활력을 되찾기도 한다.

"엄마! 커피 한 잔하실래요?"
"당신! 커피 한 잔할래요?"

여행을 다니다 휴게소에 들르면 커피를 좋아하는 내게 가족이 앵무새처럼 묻는 말이다. 남편이나 아이들이 챙겨주는 커피는 이 세상 최고의 삶의 디저트다. 가족이 챙겨주는 따뜻한 커피 한 잔, 비스킷 한 조각은 자식들과 남편이 보내는 관심이고 사랑이고 배려이다. 그래서 '커피 한 잔'이 나의 일상의 행복으로 이어진다.

"커피 한 잔하실래요?"

편의점에서, 공원 벤치에서, 자연 속에서, 어디서든 굳이 비싼 카페가 아니라도 만남과 대화의 물꼬를 터 삶의 청량제가 되니까요. 생각의 면역력도 기르니까요. 혹시 축하할 일이 있으신가요. 타인에게 위로와 위안, 희망과 용기를 전할 일이 있으신가요. 기대했던 일이 틀어지셨나요.

"그럼 저랑 커피 한 잔하실래요?"

커피 한 잔의 여유는 팍팍한 일상의 휴식이다. 카페에서 빵 한 조각, 초콜릿 두어 조각을 두고 혼자서 마시는 커피는 삶의 낭만이다. 이렇듯 행복과 즐거움을 주는 커피의 매력에 내가 빠져드는 것은 당연하다. 커피는 뭔가 사람을 끄는 이끌림의 고리임이 틀림없다. 누군가 일상의 고단함을 잠시 내려두고 싶다면 나는 기꺼이 이렇게 말해주고 싶다.

"커피 한 잔하실래요."

오케이 아저씨

"오−케이."

실망을 다시 희망으로 바꿔 주는 단어이다. '그것이 그렇다.' '나는 동의한다' '다 맞다'라는 의미 긍정의 신호이다. 나의 학생들에게 가장 힘이 되는 말이 있다. 나의 '오−케이' 사인이다. 엄지와 검지를 말아서 동그랗게 만든 다음 나머지 손가락은 모두 위로 펴는 동작 오케이 사인은 학생들에게 용기와 희망이 된다.

5년 만에 학원을 이전하기로 했다. 같은 평수라도 주상복합 건물이어서 짐을 줄여야 했다. 이삿짐센터에 견적을 의뢰했다. 잡다한 집기류, 넉 자 책꽂이가 무려 14개, 8천 권이 넘는 책 등 이사 가는 장소에 맞추어 정리하고 짐을 옮기기로 했다.

다음날 도착하니 이미 이삿짐센터에서 오신 분들이 바삐 움직이고 있었다. 빨간색 티셔츠에 '오케이'라는 흰색 글자가 선명하게 시야에 들어왔다. 어제 계약을 하러 왔던 아저씨가 어디선가 불쑥 나타났다. "이사 가셔서 부자 되세요."라며 테이크아웃 커피를 건넸다. 역할이 바뀐 것 같아 당황스러웠다. 이사 가는 주인의 마음을 헤아리는 아저씨의 배려가 감사했다. 아저씨의 덕담 덕분인지 이사하면 좋은 일이 가득할 것 같아 덩달아 신이 났다.

아저씨는 꼭 가져가야 할 짐의 목록을 일일이 내게 확인했다. 그리고 덧붙였다.

"부탁할 것이 있으면 과감히 화끈하게 부탁하세요. 이왕 부탁하는 것, 조금보다 많이, 대범하게 팍, 팍, 부탁하세요." 뭐든지 오케이입니다. 오케이 사인을 넣었다. 나는 그때부터 아저씨를 '오케이 아저씨'라고 불렀다.

그런데 책을 담던 팀장 아저씨의 투덜대는 소리가 이어졌다. 책이 너무 많으니 추가 비용을 내야 한다고 으름장을 놓았다. 실랑이하고 있는데 오케이 아저씨가 일손을 놓고 슬그머니 다가왔다. 일단 팀장이 시키는 대로 하란다. 살다 보면 이런저런 사람이 있으니 이해하라며 나를 다독이며 다음날이 휴무일이니 사다리차 빌리는 비용만 주면 다 처리해 주겠다고 했다.

오케이 아저씨는 웃는 낯으로 능숙하게 일을 처리했다. 짐을 실어 나르는 도중에 어떤 부탁을 해도 하던 일을 멈추고 '오케이'

라고 하며 무엇이든 해결해 주었다. 아저씨는 바쁜 와중에 주변 사람들이 필요할 만한 물건들을 일일이 챙겨 트럭 한쪽에 챙겨 두었다. 도우미 아주머니는 그런 오케이 아저씨를 보며 한마디 거들었다.

"저놈의 오지랖 언제나 끝날는지".

이삿짐을 다 옮기고 돌아가려던 아저씨의 오지랖이 발동했다. 아직 정리할 것이 많은 걸 보고 가기가 불편한 모양이다. 시간 나는 대로 와서 정리해 주겠다고 하며 오케이 아저씨는 내게 숙제를 내고 갔다. 액자를 걸어야 할 곳을 생각해 두기, 전구 사 두기, 폐기물 분류하여 한쪽에 보관하기 등이다. 그 후로 3일간 아저씨는 다른 집 이사가 없거나 일찍 일이 끝나는 날 자투리 시간에 틈틈이 찾아왔다. 필요한 곳에 전등을 달아 주고, 액자 달 곳에 못질도 해주며 심지어 폐기물처리까지 도와주었다.

일을 마치고 추가로 약정한 수고비를 건넸다. 그 돈에서 20퍼센트만 받겠다고 했다. 에어컨 등 전기기구와 책을 파지로 팔아 돈을 받은 것이 있으니 그것으로 대체하겠다고 했다. 원장님이 저의 아이들 책도 주고 살림살이도 이것저것 챙겨주었으니 조금만 받겠다고 고집을 피웠다. '오케이 아저씨'는 끝까지 나를 실망시키지 않았다.

"원장님, 저는 이 일까지 망하면 저승으로 간다는 생각으로 살고 있습니다."

오케이 아저씨는 절박한 심정으로 말했다.

'오케이' 사인도 언제나 통하는 것은 아니다. 그동안 아저씨의 오케이 사인이 너무 지나쳤던 모양이다. 그동안 전자 대리점을 비롯해 여러 가지 사업을 했다. 모두 다른 사람 좋은 일만 시키고 사업은 실패했다. 그 후 마지막으로 이삿짐센터 사업을 시작한 것이다.

여윈 체구에 어디서 그런 힘이 나오는지, 그건 아마도 긍정의 힘일 것이다. 그동안 오지랖 넓히며 '덕'을 쌓아 둔 것만으로도 오케이 아저씨는 성공할 수 있으리라 믿어 의심치 않는다. 금수저로 태어난 덕에 호강하며 살면서도 감사는커녕 갑질을 일삼는 사람이 있는가 하면, 힘든 노동을 하며 살면서도 경우가 반듯하고 긍정의 바이러스를 전하는 사람이 있다. '노'보다 '오케이'가 긍정의 기운을 더한다. 오케이 아저씨를 보면 긍정의 힘이 삶을 윤택하게 하는 매개체라는 생각이 든다.

이사를 오고 세 번째 봄이다. 벚꽃과 매화 개나리가 지고, 거리엔 이팝나무가 한창 꽃을 피운다. 오케이− 아저씨의 명쾌한 목소리는 가끔 내 일상에서 소환된다. 팍팍한 일상으로 긍정보다 부정적인 생각이 앞설 때면 묻지도 따지지도 말고 그처럼 '오케이'를 외쳐보는 거다.

도망가지 않는 습관

"고객님 안녕하십니까?"

하이닉스를 조금 지나 아파트 단지를 접어 드는 길목에 '보험설계사 ○○○'이라는 어깨띠를 한 중년 남자가 나의 시선을 사로잡는다. 우람한 체격에 수더분한 인상이다. 누가 보든 안 보든 행인과 지나가는 자동차를 향하여 인사를 한다. 발길을 멈추고 관심을 두는 사람과 무관심한 사람도 있지만 아랑곳하지 않고 진심으로 허리를 굽힌다.

얼마 전 지방동시선거 때 지인의 소개로 만난 ○○후보 선거를 간접적으로 도우며 선거 과정을 지켜본 적이 있다. 평생 아쉬울 것 없이 살아왔던 번듯한 후보였다. 그런데 후보 등록을 한 이후 보험설계사 K 씨처럼 큰 대로변이나 아파트 입구에서 연신 허리를 굽히며 인사를 했다. 시선을 두는 사람이 있든 없든 상관치 않고 90도 각도로 인사를 하며 절실한 마음을 전했다. 후보에게 눈인사라도 나누고, 명함 한 장 받아 주는 것만으로도 위로와 용기가 되건만 유권자들의 반응은 냉랭했다.

복잡하고 바쁜 현대인이다. 타인을 향해 마음을 열어 주는 것이 쉽지 않다. K 씨는 온갖 일을 하다 보험회사에 취업했다. 보험은 영업을 전제로 한다. 사람을 만나고 여러 가지 전략이 필요하다. K 씨는 좋은 장소를 찾아 '길거리 영업소'를 차리기로 했다. 그러나 언제나 되돌이표였다. 첫날은 자리 탐색만 하다 되돌아오고, 다음날은 서 있을 용기가 없어서 30분만 인사하고 돌아오기를 반복했다. 포기는 자신의 고질병이 되고 '도망가는 습관'이 생겼다.

대기업 하이닉스 주변, 아파트가 밀집한 좋은 장소를 물색한 K 씨는 마지막이라는 심정으로 용기를 냈다. 공사장 한쪽 구석에 콘크리트를 붓고 손가락 두께의 철근을 꽂아 둔 40킬로의 방수액 플라스틱 통 두 개를 발견했다. 철근에 녹이 난 부분을 닦아내고 은색 페인트로 칠해 현수막 거치대를 만들었다. K 씨는 현수막 앞 간이 탁자 위에 직접 만든 전단을 놓고 그 옆에서 인사를 시작했다.

K 씨! 그의 하루 목표는 인사 3000번, 제안서 50부 배포다. 이런 일이 노상이 아니면 가능한 일이던가. 자릿세로 산출하면

꽤 큰 액수를 지급해야 하는 장소다. K 씨의 '길거리 영업소' 옆에 노점상이 펼쳐진다. 딸기 아저씨, 호빵 아저씨, 풀빵 아저씨, 사과 아저씨, 햄버거 아저씨가 번갈아 온다. 동병상련이라고나 할까. 처음엔 자리 문제로 심기가 불편했는데 노점상 아저씨가 1호 고객이 되었다. 서로 위로하고 위로받으며 다시 살아갈 희망을 나누는 사이가 되었다.

오가는 길에서 아저씨의 모습을 자주 마주한다. 세찬 비바람이 불던 해 질 무렵이다. 맞은편에 차를 세우고 K 씨를 바라본다. 어둠이 하루를 삼킨다. 아랑곳하지 않고 K 씨는 출퇴근하는 차를 향하여 인사를 한다. 그는 이제 어떠한 절망과도 당당히 마주하고 있다. 삶의 길은 희망과 절망이 교차하고, 실패와 도전이 공존한다. 인간이란 존재는 어떤 씨앗이라도 길러낼 수 있는 희망의 밭이다. 희망을 키우는 씨앗의 밑거름 속에는 세상의 역경과 고난이 숨겨져 있다. 주어진 현실과 마주한다면 언젠가는 K 씨가 바라는 꿈이 이루어지리라 믿는다.

K 씨는 카카오스토리에 매일 '미래 일기'를 쓰며 자신과의 약속을 적는다.

앞으로 나는

2021년 11월 1일 'ㅇㅇㅇ의 미래 일기' 출간계획

2023년 4월 손해사정사 자격증 도전

2030년 11월 18일 손해 보험사 설립

오늘도 K 씨의 삶은 진행형이다. 인사의 달인, 웃음의 달인, 신뢰의 사람이 되겠다는 K 씨에게 '절망 앞에서 도망가지 않는 당신의 삶이 멋집니다.'라고 응원한다. 고생한 만큼의 보람을 얻는 사회에 살고 싶은 것이 그의 소망이다. 용기 있게 도전하는 삶이기에 더욱 값진 오늘이 되리라. K 씨의 '길거리 영업소'가 2호 3호점으로 계속 늘어나기를 소망한다. 카페로 가서 따뜻한 커피를 샀다. K 씨는 인사하기 바쁘다. 간이 탁자에 테이크아웃 커피를 놓고 메모를 남겼다.

"도망가지 않는 습관을 지닌 K 씨! 절망을 소망으로 바꾸는 오늘을 사는 당신을 응원합니다."

내비게이션

힘껏 페달을 밟는다. '규정 속도 80' 팻말이 보인다. 운전대 앞 계기판 수치는 이미 제한속도의 경계를 넘는다. 젊은 여자가 경고를 한다. 80이란다. 그래도 나의 가속도는 줄어들지 않는다. 속도는 이미 90 넘는다. 여자는 다시 경고한다. 80, 80, 80. 여자의 목소리 톤이 최고조로 올라간다. 두 번이나 경고를 해도 속도가 줄어들지 않으니 여자는 빨간 경고등을 깜빡거린다. 여자는 몹시 화를 낸다. 앙칼진 목소리로 고래고래 소리를 지른다. 그제야 브레이크를 밟고 속도를 줄인다. 이미 단속 카메라를 지난 후다. 며칠 후 범칙금 통보가 왔다.

경기도 양평 쪽으로 여행을 간 적이 있다. 운전하면서 친구와 이런저런 이야기를 하다 길을 잘못 들었다. 갑자기 우리 사이에 여자가 끼어든다. 나긋나긋 말을 건넸다. "선생님, 길을 잘못 드셨습니다. 힘들지만 다시 유턴하셔야 합니다." 기분 좋은 간섭이다. 얼마쯤 지났다. 또 규정 속도가 넘은 모양이다. 그 여자는 다시 자근자근 타이른다. "선생님, 규정 속도를 넘기셨습니다." "속도를 줄이고 안전 운전하십시오." 여자의 친절을 더 이상 거부할 수 없었다. 기계 속에 숨은 여자의 간섭이 나쁘지 않았다. "속도 위반하시면 4만 원의 범칙금을 내셔야 합니다." 고분고분 친절한 여자 말을 들었다. 덕분에 범칙금을 내는 불상사를 면했다.

예전엔 여행을 떠나면 지도를 보고 목적지를 찾았다. 이제는 내비게이션이 없으면 막막하다. 주행 위치가 표시되고, 목적지까지 최선의 코스를 알려주는 편리한 기능에 길들여져서이다.

평생 잘 따라야 하는 세 명의 여성이 있다고 한다. '엄마, 아내, 내비게이션'이란다. 세 여자의 이야기를 잘 따르면 적어도 실수를 최소화할 수 있다는 말이다.

엄마는 인생의 교과서다. 어린 시절 엄마 말을 귀담아듣지 않았다. 지금 생각하면 엄마의 말씀은 삶의 지침서였건만 내겐 잔소리로만 들렸다. 청개구리가 따로 없었다. 이유도 없었다. 엄마가 되고서야 돌아가신 어머님의 말씀이 구구절절 와닿는다.

남자는 '여자 말을 잘 들어야 집안이 잘된다.'라는 말을 금과옥조로 되새기고 살아야 한다. 남편은 단순하고 보는 눈이 없다. 물건을 살 때도 남자의 체면을 차리다 보면 부르는 게 값이 된다. 남편은 운전하다 절대 길을 묻지 않는다. 사나이 중의 사나이다. 목적지와 정반대 방향으로 가면서도 "길은 어디로 가도 나오게 마련이다."라는 말을 철썩같이 믿고 달린다. 문제를 단순하게 해결하려는 남자에 비해, 여자의 머릿속은 복잡하다. 남자는 정보가 많은 여자가 현명하다는 사실을 인정해야 한다.

내비게이션은 엄청난 정보 창고다. 전지전능한 내비게이션 속 여성의 말을 듣는 것은 더욱 당연하다. '현명한 판단'은 풍부한 지식과 경험의 바탕에서 나온다. 정보통신 기술에 지식 경험의 노하우가 응축된 게 바로 내비게이션이다. 맵 서비스는 여러 정보를 겹겹이 얹어서 완성된다. 도로 정보가 얹어지고, 그 위에 신호등과 건널목과 도로의 교통정보가 더해진다. 그 정보 위에 빌딩 등 구조물 정보가 가세하고 또 그 위에 레스토랑, 커피숍 같은 상업 정보가 더해진다. 하루가 다르게 그 여자에게 정보가 더해진다. 앞으로 내비게이션 속 그 여자는 점점 더 똑똑해질 게 틀림없다. 어머니 말씀, 아내 조언만큼이나 철석같이 믿고 따라야 하는 이유이다.

우리는 왜 세 명의 여자를 잘 따라야 하는가. 남자들이 놓치고 있는 통찰, 미처 몰랐던 관점, 생각지 못한 무궁무진한 아이디어를 세 명의 여자는 내놓기 때문이 아닐까 싶다.

그때가 좋았지!

'그때가 좋았지!' '그땐 그랬는데!'

　지금은 스마트폰 하나면 지구상의 모든 음악을 골라 들을 수 있는 세상이다.

　그땐 그랬다. 영화가 상영되기 전 일제히 일어서서 애국가를 우렁차게 불렀다. 길을 걷다 신작로 레코드 가게에서 흘러나오는 노랫소리에 나도 모르게 몸을 움찔거리기도 하고 노래 가사를 따라 부르기도 했다. 골목마다 리어카를 끌고 다니는 행상들도 라디오를 달고 다니며 음악을 앞세웠다. 그땐 그랬다. 무슨 곡인지도 모르면서 음악이 나오면 따라 흥얼거렸고, 외국 팝송 가사를 뜻도 모르고 통째로 외워 불렀다. 크리스마스가 되면 거리마다 캐럴도 넘쳐흘렀고, 구세군의 자선냄비에 적지만 잦은 손길이 부산했다.

'그때가 좋았지!' '그땐 그랬는데!'

때로는 구슬프게, 때로는 경쾌하게, 우리 삶의 반경에 머물렀던 음악 소리가 소음이라고 누구 하나 탓하지 않았다. 음악이 힘들고 지친 삶을 희망으로 이끌어 주었다. 서로의 마음을 녹여 주는 위로였고 관계를 이어주는 매개체였다.

'그때가 좋았지' '그땐 그랬는데'

대학교 때, '필그림'이라는 문학 동아리에 가입했다. 회원 수가 150명 정도의 규모가 큰 모임이었다. 나는 부회장을 맡았고 그해 봄 야외 세미나가 있었다. '그때 왜 그랬을까.' 모르면 용감해진다고 했던가. 회비를 절약한다고 김밥 150인분을 우리 집에서 준비하자고 제안했다. 참으로 당당한 시누였다. 김밥 재료를 사서 간부들 몇 명과 집으로 갔다. 올케언니는 싫은 내색도 없이 느닷없이 쳐들어온 얄미운 시누이 친구들과 함께 밤새 김밥을 말았다. 세월이 지난 지금, 올케는 '그때가 좋았지!'라고 말한다. 24살 새댁의 시누이 시집살이였던 것을 결혼하고서야 알았다. '그땐 왜 그랬을까 철부지처럼'

'그때가 좋았지' '그땐 왜 그랬을까?'

절친 K는 초등학교 동창이 다니는 대학과 남녀 연합동아리를 만들었다. 이름은 '큐타'였다. 오빠들 틈에 자란 나는 남성화된 기질을 유감없이 발휘했다. 당구장을 따라다니며 쓰리 쿠션이 무엇인지도 알았다.

결혼 전에 다른 남자와 한방에서 잠을 잤다. 물론 여자 친구들과 함께였다. 대학 연합동아리에서 울릉도 여행을 떠났다. 돌아오기로 예정되었던 날 폭풍과 풍랑으로 배가 끊겨서 이틀 동안 그곳에 발목이 묶였다. 여비가 부족해 남녀가 각각 사용하던 방을 한 칸으로 줄였다. 본의 아니게 합방을 한 셈이다. '그땐 왜 그랬을까?' 우리는 순수했고 진짜 친구였으니까.

'그때가 좋았지!' '그땐 그랬는데'

학생들의 주머니 사정이 넉넉하지 않았던 시대였다. 학교 근처 단골 분식집이 있었다. 3남 1녀 늦둥이인 덕분에 다른 친구들에 비해 주머니 사정이 좋았던 모양이다. 종종 친구들과 하굣길에 분식집을 들렀다. 단골 메뉴는 비빔밥이다. 그럴만한 이유가 있다.

"아줌마, 밥이 너무 짠 것 같아요."

주인아주머니는 밥을 수북이 대접에 담아와 비빔밥 그릇에 부어준다. 우리는 그것으로 끝내지 않았다. "아줌마, 밥이 싱거워요." 아주머니는 야채를 넉넉히 밥에 넣어 주신다. 주인아주머니는 알면서도 모르는 척한 것이다. '그땐 왜 그랬을까!' 세상 물정 모르는 철부지였으니까. 가난했지만 정이 넘치는 사람들이 사는 세상이었으니까.

나이가 들수록 과거가 그리워진다. 우리가 과거를 그리워하고 향수에 젖는 것은 그때 그 시절의 추억이 있기 때문이다. 같은 시대를 살면서 공유한 문화를 나눈 사람들 사이에는 끈끈한 그 무엇이 있다. 과거를 기억하며 이를 통해 연대감을 가진다. 그래서 '그때가 좋았지!'라는 말에 공감한다.

'그때가 좋았지' '그땐 그랬는데'

회상을 통해 우리를 위로하는 감정이다. 삶의 순간순간은 기억 너머에 쌓인다. '그때가 좋았지' '그땐 그랬는데' 하며 추억을 더듬는다. '그땐 왜 그랬을까.' 하고 아쉬움을 남긴다.

지나고 보면 다 아쉽고 그립다. 그래서 나는 두 가지 경구를 자주 되새김질하며 산다. '당신의 인생은 오직 한 번뿐. 후회 없이 인생을 즐기라'는 의미의 'YOLO(you only live once)와 영화 ≪죽은 시인의 사회≫에서 존 키딩 선생님이 학생들에게 남긴 유명한 대사 '카르페 디엠─오늘을 즐기라'는 말이다.

또 하루가 저문다. 언젠가 지금, 이 순간을 떠올리며 또다시 '그때가 좋았지!' '그땐 그랬는데' 회상하겠지. 그게 인생이니까.

절대 비밀

카카오스토리에 덩치 큰 의자 사진이 보인다. 네 개의 동그란 바퀴가 육중한 몸체를 받치고 간신히 균형을 잡고 버티고 있다. 낡고 해진 의자가 주인도 없이 우두커니 있는 모습에 측은지심이 든다. 스토리를 읽는다. 5년 전에 산 16만 원짜리 중국산 의자가 수명을 다함을 알린다. 그동안의 노고를 위로한다. '쌀 한 가마니가 넘는 당신을 참 편안하게 앉혀 놓고 스스로 모든 괴로움을 견뎌냈을' 녀석을 가엾게 여기는 마음을 전하는 내용이다. 의자의 주인은 바로 수필 지도 선생님이시다.

의자의 등받이에 수만 개의 금이 그어져 있다. 가죽이 낡아 해진 자국은 선생님과 동고동락한 세월의 흔적이리라. 금 간 자국 사이로 회색빛 속살을 드러낸다. 선생님이 고집스럽게 앉아 계셔도 아무런 불평불만 없이 선생님과 문학의 길을 함께 했던 동반자다. 선생님은 그런 녀석이 대견하고 측은했던 모양이다. '어느 날은 12시간 이상 그 녀석 무릎에 안겨있고, 어느 날은 새벽 2시 넘어까지도 올라타고 앉아 있고, 어느 날은 새벽 3시부터 그 녀석을 괴롭혔던 것'을 안쓰럽게 생각한다. 선생님은 녀석의 몰골을 바라보며 그저 새로 장만할 의자를 궁리한 당신을 오히려 나무라신다. '그곳에 앉아 ≪풀등에 뜬 그림자≫ ≪가림성 사랑 나무≫도 나오고, 여섯 명의 제자들을 등단시키고, 무심수필문학회도 탄생시켰다.' 회고하시며 그 공을 모두 녀석에게 넘긴다.

해지고 균형을 잃은 모습은 작가가 사유하고 고뇌한 시간의 흔적이다. 뱀이 허물을 벗듯 벗겨진 의자가 절대 흉하지 않다. 해진 자국, 삐거덕거리는 소리, 중심을 잃은 몸체는 제 소임을 다한 후의 가장 아름다운 모습이다.

문학관을 자주 가는 편이다. 작가가 집필했던 공간을 재현하고 여러 가지 소품을 전시한다. 그 공간과 사물이 작품 창작의 근간이 되기 때문이다. 나의 오지랖이 발동했다. 집 근처 가구점에 가서 여러 가지 의자를 살펴보았다. 선생님의 체격에 어떤 의자가 맞는지, 선호하는 디자인은 무엇일지 고민만 하다 되돌아왔다. 오후에 비가 세차게 내렸다. 몇 번을 망설이다 흐르는 빗물처럼 마음을 따라가야겠다고 여겼다. 가구점에 전화로 배달 요청을 했다. 암호명은 '절대 비밀'로 했다.

밤늦게 선생님이 카스에 글을 올리셨다. '절대 비밀'이라 하고 배달된 의자를 보며 '일만 명 가까운 제자를 더듬고 있다'고 하신다. 부끄럽다고 하시며 '아, 내가 왜 그런 짓을 했지' 가슴을 치고 계신단다. 선생님은 '두 의자를 나란히 놓고 여기 앉아보고 저기 앉아보면서 일만 명 가까운 제자들을 하나하나 헤아려 보고' 계신단다. 스토리를 읽으며 '절대 비밀'로 한 일에 대한 죄송한 마음이 들었지만, 한편으로는 선생님의 끝없는 상상력의 발현에 비실비실 웃음만 나왔다.

또 글이 올라온다. '금강에 발을 담그고 물방울을 한 방울 한 방울 더듬듯이, 피라미 얼굴을 한 마리 한 마리 살피듯이' 그렇게 일만 자리를 더듬고 계신단다. '선생님은 공연히 객쩍은 짓을 했다며 주책으로 늙어가는 선생을 부끄럽게 만든, 그 일 만분지 일 때문에 당신이 부끄럽다'고 하신다. 작은 손으로 낯을 가리고 싶다는 겸손의 말씀으로 끝을 맺는다.

절대 비밀의 암호는 나만 해독할 수 있는 일이다. 당사자가 입을 다물고 있는데 선생님이 일만 명을 더듬는다고 밝혀질 리가 없다. 선생님은 평소 "수필은 삶의 양식"이라고 말씀하신다. '삶의 양식'은 삶의 질을 높인다. 작가가 주는 삶의 양식으로 독자가 풍요롭고 성숙한 삶을 살 수 있다면, 선생님이 집필을 위해 앉는 자리를 마련해 드리는 일은 의미 있는 일일 것이다.

'절대 비밀은 절대 비밀이다.' 스토리 끝에 말씀을 남기셨다. 비밀을 묻어 두기로 하실 모양이니 안심이다. 또 다른 걱정이 앞선다. '체형에 맞기는 할까'라는 염려에 문자를 넣었다.

"선생님, 절대 비밀이라고 배달된 의자는 편하세요."

"날 한번 안아본 사람인가 몸에 딱 맞아요. 여학교 때 안아준 학생이 많아 누군지 잘 모르겠다."라고 하신다. 제자를 굳이 찾기보다는 마련해 준 의자에 앉아 좋은 글 쓰시는 것이 제자가 더 바라는 일이라고 문자를 보냈다.

선생님은 의자값의 몇 배를 치르신 셈이다. 카카오스토리에 올린 글을 읽으며 행복이 더해지는 건 바로 나기 때문이다. 선생님은 오늘 일로 무척 곤란하신 모양이다. 그러나 선생님과 비밀 숨바꼭질 놀이를 하는 나는 행복하기만 하다.

한 달째 비밀놀이가 이어진다. 이실직고할까 수없이 고민한다. 언제까지 비밀이 될지 모른다. 절대 비밀은 세상에 없다. 다만, 오래도록 비밀이 드러나지 않길 소망해 본다. 보석은 숨어 있을 때 더욱 빛을 발한다. 드러내는 기쁨보다 숨겨두고 바라보는 기쁨이 더욱 값지고 귀하다. 비밀 열쇠가 풀어지는 그날까지 홀로 미소 지으며 행복한 일상이 될 것 같다. 선생님 죄송해요.

출생은 2014년 4월 9일, 사망은 2018년 9월 1일,

제 할 일을 넘치도록 다 하고 주인 곁을 떠남.

7

성찰과 의미발견

차심茶心

찻물 따르는 맑은 소리가 다관茶罐에서 숙우로 이어진다. 스님은 말없이 차만 우려내신다.

주위는 고요하다. 보아도 보이지 않고, 들려도 들리지 않고, 잡아도 잡히지 않는 무욕의 세상이 이러한가. 찻잔을 데우고 찻물을 내리는 과정을 바라보며 스님의 수행 과정이 이러하지 싶다. 몇 번이고 차를 따르고 나눠 합한다. 중생이 가져간 세속의 유혹을 건져 내고 헛된 욕망과 찌꺼기를 씻어 내는 것일까. 차를 마시지 않아도 그 향이 찻물이 되어 목줄을 타고 육신의 끝자락까지 내려가는 듯하다.

빈 잔에 차를 다시 붓는다. 뜨거운 찻물이 찻잔의 실금 속을 파고든다. 두 손 모아 찻잔을 들어 올린다. 자디잔 빗금 속으로 찻물이 파르르 돌아 제집처럼 들어앉는다. 찻잔 속에 오롯이 보이는 무수한 빙렬氷裂은 인간의 작위로는 도저히 만들어 낼 수 없는 다양한 무늬이다. 제 몸을 풀어낸 맑고 깨끗한 옥빛의 투명한 물빛이 스님의 마음일 것만 같다. 내 마음은 어느새 스님의 차심으로 침전되고 있다.

스님과 첫 만남은 친정어머니가 돌아가시고 눈물이 채 마르기도 전이었다. 큰오빠는 느닷없이 처남과 처제를 집으로 데리고 왔다. 홀로 자식을 키우던 안사돈이 돌아가시자 어린 남매를 거두기로 한 모양이다. 내가 쓰던 방을 그들에게 내어주고 2층으로 옮겼다. 올케언니는 언제나 동생들보다 시누인 나를 먼저 챙겼다. 그러나 어머니가 돌아가신 빈자리가 채워지기도 전에 사돈 식구가 들어온 것이 내심 마뜩잖았다. 아마도 부모님을 대신한 큰오빠의 관심을 나누어 가지는 것이 싫었던 모양이다. 그 당시엔 아무런 내색도 하지 않았다. 그렇게 우리는 어색하고 불편한 채로 오랫동안 한 지붕 두 가족으로 살아갔다.

어느 날부터인가 사돈처녀가 집으로 오지 않았다. 얼마의 시간이 흐른 후 출가 소식을 들었다. 오빠 부부를 따라 스님이 계신다는 경기도 어느 절에서 그녀를 만났다. 희다 못해 파르스름한 머리와 하얀 고무신에 잿빛 승복 차림의 사돈처녀를 보며 오빠 부부는 억장이 무너지는 슬픔을 감추지 못했다. 올케언니는 눈물을 흘리며 다시 속세로 내려가자고 간곡하게 애원했다. 하지만 수행 중인 스님은 형제의 반연攀緣도 돌아보지 않았다. 오히려 출가를 안타까이 여기는 오빠 부부를 측은지심으로 바라볼 뿐이었다. 그런 스님이 야속했다.

무엇이 그 여린 가슴에 빙렬을 짙게 그었을까. 스님의 출가는 부모님을 여읜 슬픔에 가난과 배움에 대한 갈증 때문이라고 생각했다. 어린 나이에 공부를 포기하고 직장을 다니던 사돈처녀였다.

늦둥이 막내딸로 자란 탓인지 철부지인 나였다. 대학을 다니던 나는 비슷한 또래인 사돈처녀의 심중은 안중에도 없었다. 오히려 사돈 남매가 불편하게 여길까 배려하며 살았다고 여겼다. 돌아보니 내 아픔만 보느라 두 남매가 겪었을 마음의 고통을 헤아리지 못했다. 발뒤꿈치를 들고 2층으로 오르내리던 발소리가 희미한 기억 속에 남아있다. 사돈집에서 지내는 동안 그녀는 내내 그렇게 조심스러운 마음이었으리라.

스님이 돌아갈 채비를 마친 내게 말했다.

"보살님, 제가 사가에서 신세 많이 졌습니다."

순간 차심 깊은 곳에서 배어 나온 찻물처럼 눈물이 맺혔다. 스님의 인사가 내 마음 깊은 곳을 파고들었다. 왠지 고개를 들고 얼굴을 바라볼 수가 없었다.

성원스님은 떠나는 나를 위해 차를 우렸다. 스님의 삶에 무수히 그어진 상처 속에 나로 인해 생긴 차심도 많았으리라. 차심 어딘가엔 지난날의 내 허물도 있으리라. 하지만 그마저 당신의 일부로 여기며 아픈 금 속으로 찻물을 내리셨다. 모든 것을 내려놓고 무심 무욕의 삶을 행하는 스님 앞에 나는 한낱 어리석은 중생에 불과했다.

차심, 흙과 유약이 다투느라 생긴 금이다. 도자기가 열을 받아 팽창膨脹했다 열이 식을 때 수축하며 실처럼 생기는 자국이다. 찻잔은 불가마 속에서 제 몸을 불덩이처럼 뜨겁게 달궈졌다가 가마 온도가 내려가면 불기를 삭힌다. 찻잔을 가마에서 꺼내면 도자기는 울음을 운다. '유빙렬釉氷裂' 소리다. 안으로 아픔을 삼키느라 내지르는 서러운 소리이고, 산고의 고통을 견디어 낸 환희의 탄생이다. 울음을 그친 찻잔 속에서 파르르 실금이 그어진다. 고온 속에서 흩어지지 않고 원래 도자기의 형태를 붙잡기 위한 고통의 흔적이다.

우리의 삶의 과정에도 수많은 빙렬로 차심이 새겨졌을 터이다. 아픔 없는 삶이 어디 있으랴. 절망과 분노로, 원망과 미움의 앙금으로, 때로는 외로움과 서러움으로 균열을 일으켜 각기 다른 삶의 무늬를 새긴다. 그것이 인간의 마음이자 차심의 마음이 아닐까 싶다.

출가 후에도 스님의 삶에 차심은 끊임없이 이어졌다. 배움에 한이 맺혀서일까 수행의 과정에 배움의 길을 더했다. 중학교 검정고시부터 대학원을 마칠 때까지의 고통은 차심을 더욱 깊게 새겼다. 다판에 올려진 다관과 숙우, 찻잔의 빙렬은 불가마 속의 뜨거움과 고뇌를 다스렸기에 진한 차의 맛을 우려내리라. 뜨거운 찻물이 차심을 파고들면 그릇을 더 단단하게 만들 듯이, 불가의 가르침으로 그어진 차심은 스님의 남은 삶을 단단히 붙잡고 있으리라. 차의 성품을 닮은 스님은 바다가 있는 한적한 거제도 산사에서 차의 향기를 나눈다. 안으로는 겸양지덕을 갖추고 밖으로 베풂의 삶을 실천하신다. 스님은 중생을 위해 부처님의 말씀을 우려내 그들의 차심이 되고 있다.

옛 선인들은 차심을 수행과 같다고 한다. 다인茶人들이 차를 닦는 동안 마음의 수행을 하기 때문이다. 불가에서도 차를 달여 마시는 과정 자체를 불교의 수련으로 여긴다고 한다. 차를 내리는 스님 모습에서 그의 수행 과정을 헤아려 본다. 찻잔에 차심이 꽃으로 피어난다. 차심에 색이 짙어질수록 차의 맛과 향이 더하리라. 스님의 삶 속에 자리한 차심도 오랜 시간 마음으로 다스려 아름다운 빛깔을 내고 있으리라.

봄에 만든 쑥차 한 잔을 내린다. 찻잎이 우려지며 쑥의 찌꺼기는 남겨 두고 향기만 담아낸다. 나도 저렇게 우려지고 걸러질 수 있다면 한 생이 덧없지만은 않으리라. 내 삶에 그어진 차심이 찻잔에 가득하다. 그동안 내면의 나와 현실의 나 사이의 갈등으로 생긴 빙렬로 차심은 더욱더 깊어진다. 흔들리지 않는 삶이 어디 있으랴. 앞으로도 삶의 '유빙렬'은 계속 이어질지 모른다. 그러나 상처도 소중한 무늬가 될 터이다. 내 생의 차심은 더욱더 짙어져 내 삶을 다져 가리라.

안경 너머

안경의 쓰임새는 제각기 다르다. 근시나 원시안을 교정해 주고, 먼지나 바람을 막아준다. 강렬한 햇빛이나 설광으로부터 눈을 보호하며, 흉터를 감추거나 멋을 부리는데도 쓰인다. 안경은 문명의 이기이기도 하지만 현대인에게 교정기요, 보장구이며, 미용이나 액세서리로서 역할로 우리에게 유익함을 준다.

내게 안경은 돌아가신 아버지를 떠올리게 하는 물건 중의 하나이다. 까만 테에 동그란 안경을 쓰고 다니시던 모습이 기억 속에 또렷하다. 나는 아버지처럼 안경을 쓰고 다니는 것이 소원이었다. 아버지가 벗어 둔 안경을 몰래 쓰면 도수가 맞지 않아 바닥이 울퉁불퉁해 우주를 걷는 것 같아도 내가 멋져 보여서 좋았다. 소원대로 중학교 갈 무렵부터 안경을 쓰게 되었다. 그 후에 알았다. 눈이 얼마나 소중한지 그리고 안경이 얼마나 불편한 물건인지.

　얼마 전부터 학원 수업하기가 불편해졌다. 교재의 활자가 희미한 안개 속에 갇히듯 가물가물해지기 시작했다. 안과 진찰을 받았다. 의사 선생님은 노안의 시작이라고 말했다. 거부하고 싶은 단어다. 돋보기를 쓰고 위아래를 힐끔거리며 수업하는 늙은 선생님 티를 내고 싶지 않아서이다. '피곤해서 생기는 일시적인 현상일 거야.'라고 억지 생각을 하며 병원을 나왔다.

　스마트폰으로 세상과 소통하고, 교재로 수업하고 신문을 읽어야 하는 직업을 가진 내가 벌써 노안이라니…. 벌써 그럴 나이가 되었다니 서글픈 생각도 들었다. 한동안 버티었다. 그러나 나도 모르게 미간에 힘을 주는 일이 반복되니 노안이 오고 있다는 사실을 인정할 수밖에 없었다. 그나마 멀리 있는 물체는 윗부분으로 가까이 있는 글씨는 안경의 아랫부분으로 볼 수 있다는 다초점 렌즈 안경이 있다니 다행이라 여기며 안경점으로 갔다.

　최근 온 나라가 미세먼지에 휩싸여 있다. 적폐 청산, 진보와 보수의 논쟁으로 민생은 뒷전이다. 국민들은 안경 너머로 그 장면을 지켜보고 있다. 미세먼지 사이로 사람도 사라진다. 소통과 배려가 줄어들고 반목과 불신만 쌓여 사람과 사람 사이의 마음을 가리고 있다. 새로 맞춘 안경을 쓰고도 도무지 보이지 않는다. 안경을 바꾸기 전에 제대로 보이지 않았던 세상이 진짜 세상

인지, 안경을 쓰고 본 세상이 진짜인지 구분할 수가 없다. 현대 문명의 상징물인 안경 너머로 벌어지는 일이 보이지 않는다.

시야에 보이는 것만 아니라, 안경 그 너머, 그 안에, 그 밑에 흐르는 실체와 본질을 보는 눈이 필요한 시대이다. 세상은 하루가 다르게 바뀌고, 서로의 이해관계가 복잡해지고 있다. 도대체 눈을 어디에 둬야 할지 모르겠다. 진정한 애국자가 누구인지, 살면서 타인의 마음을 보려고 애쓰는지, 새로 바꾼 안경을 쓰고도 도무지 보이지 않는다.

인간은 인식하는 만큼 보이는 법이다. 안경은 물리적으로 인식의 지평을 넓혀준 고마운 존재요, 도구이다. 하지만 이제는 안경 너머 보이지 않는 세상까지도 바라보는 안목이 필요하다. 안경을 항상 깨끗하게 닦아야 하듯이, 더러는 마음의 창도 닦아내야만 한다. 나도 모르는 사이에 노안이 오듯이 내 눈을 가리는 것이 무엇인지 사물을 꿰뚫어 보는 지혜로운 눈, 혜안慧眼을 가져야 한다.

새로 산 안경을 쓰고 집을 나섰다.

전에는 바쁜 일상에 급급해 눈에 들어오지 않았던 풍경들이 오늘은 다르고 새롭게 보인다. 안경 윗부분으로 보이는 세상이 맑고 깨끗하다. 봄바람이 불고 있고, 봄꽃들의 세세한 부분과 나뭇가지들의 작은 흔들림도 보인다. 시선이 안경 아랫부분에 닿았다. 사람들의 표정만 아니라 마음마저 또렷이 읽힌다. 안경을 쓰고 바라본 세계와 안경을 벗고 바라본 세계가 다르지 않은 그 날이 꼭 오기를 바란다. 미세먼지로 희뿌연 날이 가시지 않아도 안경 너머까지 볼 수 있는 안목을 가지기 위해 생각의 지평을 넓혀 가리라.

배추가 뭐길래

김장철이면 가을배추가 짙푸른 배추 단풍으로 물들어 밭에 널려 있다. 허연 속살을 드러낸 무도 너덜거리는 겉잎을 달고 있다. 시장에서 사 온 배춧잎을 뜯어 반으로 접어 본다. '툭' 소리를 내며 허리가 부러진다. 능청거리지 않고 물방울이 얼굴까지 튀어 오를 정도로 싱싱하다. 질긴 구석 하나 없이 아작거리는 식감이 일품이다. 약간의 풋내를 동반하기도 하지만 단내가 나고 고소하기까지 하다.

겨울철엔 김장만 제대로 해 놓아도 밑반찬 걱정이 없다. 아무리 잘 차려진 진수성찬이라도 식탁에 김치가 빠지면 무언가 허전한 것은 바로 김치에 담긴 손맛과 정성 때문이다. 가을이면 "김장을 언제 하느냐, 누구네는 몇 포기 했다더라." 하며 김장이 큰 화제가 된다. 그만큼 김치가 우리 식단에 차지하는 비중이 절대적이라는 말이다.

시집와서 밖에서 일한다는 핑계로 직접 김장을 해 본 적이 없다. 무슨 복이 그리 많은지 자식 시집보낼 나이가 되도록 시어머님이 담가주신 김장 김치를 먹고 살았다. 어머님은 해마다 소일거리 삼아 아파트 앞 공터에 농사를 지었다. 손수 땅을 갈고 씨를 뿌려 거둔 배추로 김장을 했다. 어머님의 김장 김치에는 싹이, 잎이, 열매가 배추벌레에 먹히며 자란 김장재료가 들어간다. 뿌려 놓은 생명을 끝까지 돌보는 어머님 손길이 있어 건강한 맛을 더한다. 농약을 치지 않은 배추라 몰골이 말이 아니지만, 가족의 건강을 염려하는 어머님의 마음이 배어 있어 남다른 김치 맛이 난다.

어머님은 바쁜 며느리를 위해 어지간하면 전화하지 않는다. 김장철 밤늦게 걸려 오는 시어머님의 전화는 다음 날이 김장하는 날이라는 신호다.

"어멈아, 내일 아침 김치통 들고 오너라."

김장 배추의 싱싱함만큼이나 전화기 너머 어머님의 목소리에 힘이 실려 있다. 자식을 위해서 할 일이 아직 남아 있다는 것이 행복하신 모양이다. 다음 날 아침 서둘러 시댁에 도착하면 이미 속을 넣은 배추가 줄과 열을 지어 김치통이 오기를 기다리고 있었다.

그런데 어머님이 연로하신 후부터 배추를 버무리는 일은 내 몫이 되었다. 일하는 며느리 조금이라도 편하게 해 주려고 새벽부터 배추를 씻고 양념까지 마련해 두신다. 그런 어머님이 골다 공증으로 척추 시술을 몇 번이나 받았다. 자식들은 힘든 일을 일체 못 하게 했다. 어머님은 김장철만 되면 아들네 김장 걱정에 속이 탄다. 그렇다고 친정에서 김장해서 오는 것도, 김치를 사 먹는 것도 달가워하지 않으신다.

어머님이 올해는 일찌감치 특명을 내리셨다. 동네에 직접 농사지은 배추를 절여서 파는 곳이 있단다. 허리가 아파도 양념 정도는 충분히 해 줄 수 있다시면서 버무려 가기만 하란다. 덧붙여 남편이나 시누에게 비밀로 하라 당부하셨다. 무리하면 안 되는 걸 알면서도 어머님이 너무 완곡하셔서 따를 수밖에 없었다.

다음날 이른 아침 시댁으로 갔다. 커다란 그릇에 족히 30포기는 버무릴만한 양념이 준비되어 있었다. 어머님은 신이 났다. 양념을 버무리고 남으니 내친김에 절임 배추를 더 사 오라고 하셨다. 넉넉하게 김치를 담근 어머님, 그제야 당신 할 일을 다 한 듯 흡족해했다. 비밀 김장을 하고 난 자부는 마냥 행복했다.

가을이면 농부들은 수확한 열매를 자식들 챙겨주느라 여념이 없다. 농사가 풍년이든 흉년이든 하나라도 더 챙겨 보내야 맘이 편한 것이 부모의 마음이다. 농사일이 끝이 없듯이 자식 걱정도 끝이 없다. 혹여나 토닥거리며 사는 것은 아닌지, 건강은 한지, 밥은 잘 챙겨 먹고 다니는지, 직장에서 별일은 없는지, 손주들은 잘 자라는지 언제나 노심초사이다.

김장 양념이 배추에 스며들 듯, 나이가 들수록 어머님이 살아 오신 삶이 내 마음에 배어든다. 어머님의 김장 김치엔 특별한 양념 맛이 있다. 어머님의 삶의 무게만큼 깊은 맛이 있다. 김장철이 되면 목에 힘을 주고 다녔던 나였다. 김장 김치는 일 년의 행복이다. 이 나이 되도록 시어머니의 사랑으로 버무려진 김장 김치를 먹고 산 며느리가 흔치는 않다. 힘들게 김치를 담가 주고도 미소 지으며 행복해하시던 어머님의 모습은 내 안에 오래도록 남아 있을 것 같다.

김장은 내게 풀지 못하는 숙제 거리다. 어머님의 허리는 점점 굽어져 간다. 이젠 김치에 어떤 양념을 넣는지, 양은 어느 정도인지 가물가물하신 어머님을 바라보니 가슴이 아리다. 어머님의 손맛이 담긴 김장 김치 맛은 이제 더 이상 맛을 볼 수 없다. 하지만 김장 김치처럼 깊은 맛을 내는 어머님의 사랑은 오래도록 받으며 살고 싶다. 배추가 소금에 절여지듯 어머님도 이젠 삶의 무게를 내려놓고 지난 시간의 고단함을 녹이면 좋겠다.

이제라도 손수 담근 김치에 따뜻한 밥 한 그릇 차려 드리고 그동안의 고마움을 전해야겠다.

갈증

　허공을 휘젓던 앙상한 손으로 빈 가슴을 쥐어뜯다 아버지는 눈을 감으셨다. 화장실을 다녀오다 묵은 정情이 가득한 안방까지 가지도 못하고 엄동설한 찬마루 바닥에서 밑동이 잘려 나간 오래된 나뭇등걸인 양 쓰러지셨다. 아무런 미동이 없었다. 무엇이 아버지 마지막 길을 붙잡고 있는지, 고요하다 못해 세상이 정지된 듯 방향 없는 손짓만 하셨다. 아버지는 세상에 내려놓지 못한 미련이 남았는지, 애절한 눈빛만 남기고 한마디 말도 없이 그렇게 떠나셨다. 어쩌면 아버지는 생전에 남은 삶의 갈증을 풀고 가시려고, 생애 마지막 순간에 그렇게 애타게 물을 찾으셨던 것은 아닐까. 나는 아버지가 시원한 물 한 사발 벌컥벌컥 들이켜지 못하고 마지막 가시던 날까지 천방지축 철부지였다. 어쩌면 지금도 미련했던 그날을 벗어나지 못하고 사는지 모른다.

고모님은 끼니때마다 한 움큼씩 보리쌀을 모아 두셨다가 아버지가 그토록 원하던 서당을 보내셨다. 하지만 지독한 가난은 아버지의 배움에 대한 갈증을 식혀 주지 못했다. 아버지의 재능을 안타까워하시던 이웃 어르신들이 일본으로 떠나는 친척에게 아버지를 데려가도록 부탁했다. 아버지는 일본에 가면 원하는 공부를 할 수 있다는 친척 아저씨의 말 한마디에 무작정 밀항선에 올라탔다. 아버지는 평생 할머니 사진을 품고 계셨다. 어린 자식에게 따뜻한 밥 한 끼 먹여 보내지 못했던 친할머니는, 돌아가시는 날까지 눈물 마를 날이 없으셨다. 아마도 아들을 그리워하며 눈을 감으셨을 어머니 생각에 평생 갈증이 더했는지 모른다.

아버지의 배움은 검정고시로 출발되었고, 와세다 대학을 나오기까지 하루하루가 치열한 전쟁터였다. 수시로 찾아드는 갈증에 목이 타고 삶에 지쳤을 터이다. 아버지는 대학교 앞에서 아르바이트로 냉차를 팔았다. 냉차는 당신의 삶의 목마름을 해소할 수 있는 유일한 돌파구였다. 보리 냉차 리어카의 긴 대열에서 아버지의 냉차는 언제나 최고의 인기였다. 아버지는 돈보다 사람을 먼저 생각했다. 냉차를 마시기 전에 얼음 위에 시보리(물수건)를 얹어 두었다 고단한 일상으로 흘린 땀을 닦도록 배려했다. 아버지의 삶은 언제나 논바닥처럼 갈라져 갈증을 느끼는 삶이었다. 그러니 그들의 삶을 공감하며 위로했으리라. 시원한 냉차 한 잔

부어주며 다시 살아갈 용기를 주었으리라.

늦은 밤, 별빛을 등불 삼아 돌아오는 아버지의 발걸음은 언제나 무거웠다. 하지만 전봇대 아래 지붕 없는 공부방에 전등이 켜지면 그날의 고단함도 쉽게 잊었다. 아버지가 주경야독을 게을리할 수 없었던 것은 공부가 가난의 짐을 벗어 주리라는 믿음 때문이었는지 모른다. 아버지는 살아생전 내가 원하는 것은 무엇이든 들어주려 애썼다. 늦둥이 고명딸이 당신처럼 목마른 삶의 고통을 겪지 않게 하려는 깊은 마음이 담겼으리라. 갈증 없이 살기를 간절히 원했기 때문이리라.

나무는 끊임없이 물을 주어야 살 수 있듯이 아버지는 갈증 없이 살아가라 내 마음에 깊은 우물을 파주고 갔다. 아버지는 내게 인생살이는 다 공부라고 했다. 배움은 삶의 길잡이가 되며, 사람을 지혜롭고 현명하게 살도록 이끌어 준다고 하셨다. 내가 아직도 공부에 손을 놓지 않고 사는 것도 막내딸이 삶의 갈증을 느끼지 않고 살기를 바라는 아버지의 마음이 내 삶에 스며있기 때문인지 모른다.

사노라면 수시로 갈증이 생긴다. 마시고 또 마셔도 채워지지 않는 삶의 갈증으로 욕망은 더한다. 내가 나의 주인으로 살지 못하고 타인을 기준에 두고 살았으니 삶의 갈증은 더해만 갔으리라.

물 한 잔을 마신다. 내 마음을 파고 든다. 지난 삶에 감사하며, 평정심을 유지하고 관대함으로 산다면 쉽게 흔들리지 않고 갈증 없이 살아갈 수 있으리라.

쉽게 채워지지 않는 것이 사람의 마음이리라. 지금도 아버지를 향한 그리움은 갈증을 넘어 마음마저 타들어 가는 간절함으로 다가선다. 내 삶에 깊은 우물을 파주고 삶의 갈증을 풀어주셨던 아버지, 단 한 번도 고갈되지 않았던 아버지의 샘물이 내 삶에 흐르고 있으니 수시로 그곳을 찾아가리라.

여름이 시작된다. 아버지께서 돈보다 삶의 갈증을 덜어주기 위해 팔았을 냉차, 큰 사발에 담아 마음껏 들이켜고 싶다.

갈증 없는 삶이 어디 있겠는가. 삶을 다하는 날까지 아버지가 주신 그리운 샘물 마시며 흔들리지 않고 살아가리라. 아버지가 남긴 말씀 되새기며 삶의 갈증을 풀어 가리라.

해님이

 습관처럼 발걸음이 멈춘다. 길고양이 해님이가 보이지 않는다. 벌써 삼 일째다. 집이 텅 비었고 그릇에 담긴 음식도 그대로다. 무슨 일이 일어난 것일까 불길한 예감이 든다.

 해님이를 만나는 일이 일상의 한 부분이 되었다. 작년부터 등산을 시작했다. 나는 산에 오르는 것을 그다지 좋아하지 않는다. 그런 내가 이 년째 꾸준히 산을 다니는 것은 해님이 덕분이다. 터미널 사거리를 지나 오피스텔 건물 주차장 한 모퉁이에 해님이가 살고 있다. 해님이 집은 등산길의 나들목이다.

 빌딩 관리 아저씨께 여쭈었다. 설마가 현실이 되었다. 해님이는 며칠 전 후진하는 차에 치여 죽었단다. 믿어지지 않았다. 잠시도 몸을 가만히 두지 않았던 장난꾸러기 해님이었다. 비록 길에서 사는 고양이지만 오가는 사람들의 마음을 빼앗아 간 사랑

꾼이었다. 해님이는 자동차 밑에서 노는 것을 좋아했다. 미처 피하지 못했던 모양이다. 하필이면 해님이가 왜 그런 일을 당했을까. 한동안 허전한 마음이 가시지 않았다. 그 후 등산길에 습관처럼 오피스텔 주차장을 들렀다. 관리 아저씨는 해님이를 자식처럼 돌보아주던 아주머니가 부근의 숲에 묻어 주었다고 전했다.

나도 해님이에게 마음의 편지를 보냈다.

"해님아! 추운 겨울 너를 처음 만났단다. 건물 화단에 너희 가족이 살았지. 화단 구석에 비닐을 씌운 집이 있었어. 처음엔 대수롭지 않게 지나쳤지. 너는 엄마의 품을 떠날 시기가 지나도 엄마 곁을 떠나지 않았지. 그런데 말이야. 너희 엄마 '까망이'가 새끼를 가지게 되었어. 아주머니는 소홀한 너희 엄마 '까망이'를 대신해서 너를 더욱 정성스럽게 돌보아주었지. 그러니 너의 사고 소식을 들은 아주머니의 상심이 얼마나 컸을까 싶구나. 네가 사고를 당한 뒤 한 번도 그분을 만날 수가 없었어. 지금도 네가 살던 집이 있고 장난감도 그대로 걸려있지. 아주머니는 아직도 너를 마음에서 떠나보내지 못하고 있는 모양이야.

해님아, 짧은 기간이었지만 너를 만났던 시간 너무 행복했어. 세상에 영원한 건 없어. 언젠가 함께하는 날이 올 테니 너무 슬

퍼하지도 외로워하지도 말았으면 좋겠어. 너를 사랑하는 사람들이 많았다는 걸 기억해 두렴. 그럼 안녕."

오늘도 부모산으로 향한다. 빌딩 사이로 아침 햇살이 눈부시게 쏟아진다. 습관처럼 내 발걸음은 해님이가 있던 곳에 멈춘다. 해님이가 머물렀던 자리에 햇빛 한 줄기가 내려앉는다. 고양이를 만나면 길을 돌아가던 나였다. 그런 내가 해님이를 만난 후 생각이 바뀌었다. 누군가를 만난다는 것, 누군가를 기다린다는 것은 삶의 소소한 행복이고 설렘이다. 사람과 사람 사이만이 아니다. 생명이 있는 모든 것은 마음으로 품으면 사랑이 된다. 개인주의가 우리를 더욱 고독하게 만드는 세상이다. 반려견 반려묘는 사람들과 교감하며 일상을 함께한다. 위로와 위안을 받고 마음의 평화도 얻는다. 그들로 인해 마음의 상처까지 치유하니 상생하며 살아야 할 동반자임이 틀림없다.

해님이를 만나러 무덤가로 간다. 세 개의 돌무덤이 서로를 바라본다. 옹기종기 모여 사는 해님이, 별님이, 달님이 무덤 위에 노란 민들레 한 송이씩 얹어 둔다. 어느 별에 있든 해님이 형제들이 사랑의 울타리 안에서 안전하고 행복하게 살기를 기도한다.

담을 넘어서

현대의 담장은 견고한 성이 되어 버렸다. 전원주택을 지으려고 옹벽을 쳐 놓은 다음 날이었다. 동네 이장님의 전화가 왔다. 옆집과 뒷집에서 민원을 제기했다고 전했다. 우리가 뒷집의 경계를 침범했을 거라는 이야기였다. 건축 책임자가 측량하다 옆집과 뒷집 경계선에 꽂아 둔 말뚝을 뽑아 기분이 상했던 모양이다. 사실 경계를 침범했다면 옹벽을 헐어 내어야 하니 난감했다.

다음날 서로 이웃이 되어 살아야 하니 웬만하면 편리를 봐 줄 것이라는 희망으로 남편과 같이 그분들의 집을 찾아갔지만 허사였다. 측량을 원하는 그분들의 뜻에 따라 구청에 경계측량을 신청했다. 다행히 뒷집의 경계를 침범하지 않았고 오히려 옆집의 일부가 우리 담의 경계를 넘었다는 결과가 나왔다.

어릴 적 선을 긋고 노는 것을 좋아했다. 고무줄놀이하며 자유롭게 선을 넘나들었다. 땅바닥에 그은 선 위를 뛰어서 돌을 맞히는 비석치기, 그어진 선의 구역을 통과하는 올케 바다 놀이, 가위바위보로 이기면 자기 땅을 넓혀가는 땅따먹기도 즐겼다. 학교에서도 짝꿍과 책상 길이의 반을 정확히 재서 한 치의 양보도 없이 영역을 지키려 했던 추억이 있다.

우리 역사 속에서도 정치를 앞에 두고 갑론을박 논쟁을 벌이며 담을 쌓았다. 자신의 주장이 옳다는 논쟁은 역사의 흐름을 바꾸기도 했다.

지난주 남편과 담양 소쇄원에 갔다. 소쇄원 안으로 들어가는 길은 양쪽의 빽빽한 대숲이 햇살을 차단해 어둑어둑했다. 가을 바람이 대숲을 일렁이며 바람을 불러일으켰다. 소쇄옹 양산보는 기묘사화로 스승 조광조가 사약을 받고 죽자 충격을 받아 정치와 담을 쌓았다. 벼슬에 뜻을 접고 낙향한 양산보가 소쇄원을 짓고 여생을 보낸 별서別墅이다.

소쇄원 입구에는 ㄱ자형의 흙 돌담이 외부와 경계를 짓는다. 소박하게 쌓아 올린 황토 빛깔 돌담 앞에 선다. 담장은 나를 막아서지 않는다. 담장이 이정표 역할을 하며 왼쪽은 내원으로, 오른쪽은 외원으로 가는 길로 나누어진다. 소쇄원 담장은 경계인 듯 보이나 경계가 아닌 듯하다. 대봉대와 길을 사이에 두고 오십 미터가량의 흙 돌담이 고풍스러운 멋을 뽐낸다. 담 위에는 애양

단愛陽壇이란 글자가 붙어 있다. 양산보는 겨울에 북쪽에서 내원으로 몰아치는 찬바람을 차단하는 바람막이 역할을 하도록 담을 배치했다. 애양은 애일愛日과 같은 말로, '부모를 효성으로 봉양하는 것'을 이르니 양산보의 효심이 투영된 공간이다. 아늑하다. 그다지 높지도 얕지도 않은 높이의 담장 너머로 대숲에 이는 바람 소리나 솔바람도 쉬 타고 넘어올 듯하다.

애양단 옆 담에는 소쇄원 담장 아래로 흐르는 계류 위에 담장을 쌓기 위해 중간에 교각 삼아 돌기둥을 쌓아 오곡문五谷門을 만들었다. 담장 아래 구멍으로 유유히 흐르는 물이 암반을 다섯 굽이 휘돌아 폭포가 되는 오곡담이다. 계곡에 자리를 내어주는 소쇄원의 담장은 한국인의 정서를 닮아있다. 아슬아슬한 돌기둥이 오백여 년의 세월 동안 어찌 버티어냈을까 선조들의 지혜가 놀라울 따름이다.

옛 담은 열린 담장이다. 집과 집 사이의 표시일 뿐 개방적인 울타리이니 담은 있어도 없는 것과 다를 바 없다. 마을의 희로애락이 담장을 타고 온 마을로 전해졌다. 얕은 담장을 사이에 두고 정겨운 대화가 오갔고, 죽 한 그릇, 떡 한 접시도 인심 좋게 넘나들었다. 처녀와 총각이 담장 너머로 훔쳐보며 사랑을 싹틔우고, 연서戀書를 주고받던 사랑의 가교였다.

직선과 곡선의 담은 든든한 울타리가 되기도 하지만, 때로는 선을 경계로 서로 간에 적대하는 마음을 품게 한다. 담을 쌓고 사는 일은 마음의 경계를 긋고 사는 일이다. 현대에 와서 골목을 사이에 두고 아랫담과 윗담의 경계는 이웃과 이웃을 갈라놓고, 담장의 높이는 사람과 사람의 마음을 갈라놓는다. 나라와 나라 사이도 국익을 사이에 두고 갈등의 벽을 쌓는다. 갈라진 남과 북도 마음의 상처를 남기고 그리움의 담을 쌓았다.

마음에도 담이 있다. 우리는 미움과 원망을 성벽처럼 쌓아 가고 있는지 모를 일이다. 마음의 담은 불신과 단절의 경계다. 그것을 허무는 일이 쉽지 않다. 닫힌 마음은 내 안에서 열 수 있다. 내 마음을 닫은 채 다른 사람의 마음을 열 수는 없다. 성문처럼 굳게 닫긴 마음의 빗장을 열고 타인이 들어올 틈을 두어야 한다.

옆집 아주머니에게 전화를 걸었다. 집을 지을 동안 부산한 일이 많음을 양해해 달라 부탁했다.

"언니라고 불러도 괜찮죠?"

전화 너머로 들려오는 말 한마디에 내 마음의 담은 허물어졌다. 집이 다 지어지면 이웃 담장 너머로 시루떡 한 접시씩이라도 돌려야겠다. 나지막한 철제 담장을 둘렀다. 안과 밖을 구분 짓지 않은 소통의 경계이다. 한 집 한 집 담장을 넘나들며 죽로다연竹爐茶煙처럼 살아가리라.

글쓰기를 넘어서는 글쓰기

정기철

(한남대학교 국어국문창작학과 교수)

'좋은 글'을 읽으면 눈이 밝아진다. 머리도 맑아지고 정신도 상쾌해진다. 좋은 글을 읽기 전의 세계와 좋은 글을 읽고 난 후의 세계는 달라 보이고, 좋은 글을 읽기 전의 나와 좋은 글을 읽은 후의 나는 사뭇 다른, 새로운 나의 탄생을 경험한다. 물론 한 편의 좋은 글을 읽었다 해서 세계가, 내가 전혀 다른 세계와 나로 바뀌는 것은 아니다. 하지만 좋은 글은 세계를 바라보는 태도를 바꾸어놓고 세계를 바라보는 시각을 넓게 하며, 나를 성장하게 하고 나를 훨씬 유연하게 하여 고난과 갈등, 고통과 좌절에 대해 '회복 탄력성'을 갖게 한다.

　좋은 글을 읽다보면 사물을 대하는, 사물에 대한 작가의 태도에 감탄을 하게 되고 사물과 사물에서 빚어낸 생각들을 언어로 드러내는 작가의 표현력에 경건해지기까지 한다. 그리고 사물과 언어로 건져 올린 인간과 삶에 대한 성찰, 그리고 삶의 이치들은 나를 새로운 차원의 세계에 가져다 놓는, 찬란한 경험을 하게 된다.

강미란의 글이 그렇다. 우선, '글쓰기는 사물에 반응하고 사물에 대한 자신의 경험과 사유를 표현하는 과정이며 행위'라는 기본적인 명제에 충실하다. 사물에 세세한 관심을 두고 마음을 주는 태도를 갖추고 있으며 사물을 있는 그대로 볼 줄 알고 그를 바탕으로 사물의 본질을 꿰뚫어 그것으로 나와 삶의 본질을 통찰하는 태도를 갖추고 있다.

단풍나무 숲길을 내려오며 그동안 무심코 지나친 것들에 마음이 끌린다. 가장자리를 적시며 흐르는 물길, 물길 옆 습지, 바위에 옷을 입힌 지의류, 숲속 돌들을 파랗게 덮은 이끼, 풀과 풀, 키 작은 나무, 땅속 흙 한 줌이 눈에 닿는다. 땅 위의 가장 아래는 인간만큼이나 많은 작은 생명이 산다. 건강한 숲 풀뿌리에 붙은 흙 속에 세균, 버섯 등, 곰팡이류의 미소 동물이 미생물에 의지해 살고, 지의류와 이끼류가 미생물과 미소동물 덕택에 산다. 그 위에선 버섯이 자라나고 풀과 나무가 자란다. 가장 낮은 곳으로 스며들며 생명을 살리고 있다. 화담숲에서 낮음의 미학을 배운다. 장대한 숲을 이루게 하는 것은 바로 그 작은 생명의 덕이다. 더 낮게 더 아래로 스며들며 저를 내어주어 숲을 이루니 더욱 아름답다. (〈화담숲〉 중에서)

글쓰기의 시작은 그동안 무심했던 사물들에게 관심을 주는 일이다. 글쓰기는, 가장자리 물길·습지·지의류·이끼·이름 모르는 풀들·키 작은 나무·흙 한 줌에 관심을 주고 마음을 주는 일이다. 관심을 주고 마음을 주면 눈에 보이지 않는 것들도 보인다. 흙 속 세균·버섯들·곰팡이류 미소 동물 등 눈에 보이지 않는 사물들이, 그 사물들이 풀과 나무를 살려서 장대한 숲을 이루게 한다는 자연의 섭리에 도달하게 된다.

　자연의 섭리에 도달하면, 자연은 조화로운 삶을 추구한다는 진리를 되새기게 된다. 키 큰 나무들이 숲의 풍취를 이루고, 고로쇠·복자기·층층나무와 같은 작은 나무들이 숲을 풍성하게 하고, 오백여 종의 풀이 땅을 덮어 작은 나무들을 키우고 작은 나무들이 숲 가장자리를 채워 키 큰 나무들이 비바람에 뽑히거나 부러지는 것을 막아 숲을 지탱하고 숲을 자라게 한다는 평범하면서도 거대한 진리를 발견하고 되새기게 한다.

　그래서 사물에 관심을 주고 마음을 주는 일은 "공존하는 숲을 보며 자타불이自他不以의 삶을 배운다."는 삶의 이치에 도달하게 하는 일이며, "서로 위로와 위안이 되고 사랑이 되리라."는 다짐에 이르게 하는 일이다. 따라서 글쓰는 일은 사물을 통해 삶의 이치에 도달하는 일이고, 사람과 세계에 대해 유연함을 갖게 하는 일이다.

빈 잔에 차를 다시 붓는다. 뜨거운 찻물이 찻잔의 실금 속을 파고든다. 두 손 모아 찻잔을 들어 올린다. 자디잔 빗금 속으로 찻물이 파르르 돌아 제집처럼 들어앉는다. 찻잔 속에 오롯이 보이는 무수한 빙렬은 인간의 작위로는 도저히 만들어 낼 수 없는 다양한 무늬이다. 제 몸을 풀어낸 맑고 깨끗한 옥빛의 투명한 물빛이 스님의 마음일 것만 같다. 내 마음은 어느새 스님의 차심으로 침전되고 있다. (〈차심茶心〉 중에서)

사물에 관심을 갖고 마음을 주는 일은, 곧 사람과 사람의 마음에 눈을 뜨게 하는 일이다. 그리고 사람과 사람의 마음에 눈을 뜨는 일은, 진정한 나와 나의 마음을 들여다보는 일이 된다. '자디잔 빗금 속으로 찻물이 파르르 돌아 제집처럼 들어앉는'사물의 현상을 볼 줄 아는 작가의 시선은 찻잔에 담긴 물빛으로 스님의 마음을 읽어내고, 종국에는 스님의 차심과 내 마음을 일치시키는 경지에 도달하게 된다.

'유빙렬釉氷裂', 찻잔을 가마에서 꺼낼 때 찻잔이 토해내는 울음소리다. 도자기 찻잔의 자디잔 실금들에게 마음을 주는 작가는, 그 자디잔 실금들이 도자기의 형태를 붙잡기 위한 고통의 흔적임을 깨닫게 되고, 종국에는 인간과 인간의 삶에 내려앉는다. '우리의 삶의 과정에도 수많은 빙렬로 차심이 새겨졌을 터이다.

아픔 없는 삶이 어디 있으랴. 절망과 분노로, 원망과 미움의 앙금으로, 때로는 외로움과 서러움으로 균열을 일으켜 각기 다른 삶의 무늬를 새긴다. 그것이 인간의 마음이자 차심의 마음이 아닐까 싶다.'는 사물과 인간의 삶이 별개의 것이 아니라 사물과 인간의 삶은 하나라는 진리에 도달하는 과정이자 인간과 인간의 삶을 이해하는 작가의 태도를 확인하는 지점이다.

강미란의 글은 글쓰기의 단계, '감각단계 → 감지단계 → 지각단계 → 인지단계'의 흐름을 명확하게 보여 주고 있다. 감각과 감지의 단계가 사물 중심이자 외부 자극에 대해 수동적이라면 인지 단계는 인간 중심이자 외부 자극에 능동적이다. 아울러, 지각 단계의 앎이 감각과 감지에 의한 감각 정보와 경험에서 얻어진 것이라면 인지 단계의 앎은 심리활동을 거친 사유와 판단에 의해 얻은 것이라 할 수 있다. 감각·감지·지각단계를 거쳐 온 인지 단계의 글쓰기는, 서술자인 '나'의 능동적인 사유와 판단, 인식 행위가 필요하고 이를 위해서는 사물과의 교감을 바탕으로 사물에 대한 인식을 깊게 하고 사물을 또 다른 사물과 '나'를 이해하고 사색하는 글쓰기이다.

강미란의 글은 오감(감각)을 발휘하여 사물에 관심과 마음을 주고(감지), 그를 바탕으로 사물을 명명(지각)하는 일을 아주 꼼꼼하고 세밀하게 수행한다.

- 춘풍풍인春風風人. 봄 춘, 바람 풍, 사람인. 봄바람을 다른 사람에
  게 불어준다는 뜻으로 '주변사람에게 봄바람처럼 덕을 베풀어야
  한다'는 말이다. (〈춘풍풍인春風風人〉 중에서)
- 골동반骨董飯은 비빔밥의 한자어다. 한 해의 남은 음식을 다음 해
  로 넘기지 않게 하려고 섣달 그믐날 저녁에 남은 음식을 모두 모
  아 비벼 먹은 것에서 유래되었다고 한다. (〈골동반骨董飯〉 중에서)
- 자존自尊은 나를 소중히 여기는 것이다… 자존감은 자신의 인생의
  동반자이다. 자존을 찾으면 본질을 찾게 된다. (〈여덟 단어〉 중에서)
- 구제란 신품이 아니고 '오래된, 낡은, 옛날에 만들어 두었던 물건'
  이라는 뜻이다. (〈복딩이〉 중에서)
- 무심無心. 정산종사는 마음의 수양의 단계를 집심, 관심, 무심이라
  했다. 무심이란 감정도 의식도, 아무 생각도 없는 무의 상태이다.
  그러나 해덕 스님은 무심은 생각이 없는 상태가 아니라 했다. '꽉
  찬 마음을 선정으로 번뇌와 망상을 내려놓고 비우는 텅 빈 공空으
  로 되돌려 놓는' 것이라 했다. 무심은 모든 마음의 작용이 소멸
  된 시간 위에, 온갖 그릇된 생각의 망념을 떠난 마음의 상태이다.
  진심만이 무심이다. 무심코 만난 사람이 더 반갑고, 무심코 꺼낸
  이야기가 큰 희망이 되는 것은 진심만이 무심이기 때문이다. (〈비

빔밥 동인회〉 중에서)

• 화담和談은 '조화롭고 정답게 이야기를 나눈다.'는 의미이다. 이런
  의 의미를 화담숲에 담았다. (〈화담숲〉 중에서)

• 쌍화탕雙和湯의 '쌍'은 기와 혈, 음과 양을 일컬으며 '화'는 조화를
  의미한다고 전한다. 음양 기혈, 둘을 치우침이 없도록 평형을 이
  루는 처방이다. (〈합방合邦〉 중에서)

• 차심, 흙과 유약이 다투느라 생긴 금이다. 도자기가 열을 받아 팽
  창膨脹했다 열이 식을 때 수축하며 실처럼 생기는 자국이다. 찻잔
  은 불가마 속에서 제 몸을 불덩이처럼 뜨겁게 달궈졌다가 가마 온
  도가 내려가면 불기를 삭힌다. 찻잔을 가마에서 꺼내면 도자기는
  울음을 운다. '유빙렬釉氷裂' 소리다. (〈차심茶心〉 중에서)

• '막간'이라는 말은 '막과 막 사이'라는 뜻이다…. 막간의 시간은 준
  비와 휴식의 시간이다. 다음 막에서 최고의 컨디션으로 공연을
  할 수 있도록 에너지를 얻는 시간이다. (〈막간幕間〉 중에서)

• 차경은 '빌려온 풍경'이다… 차경은 소유권이 없다. 자연의 경치를
  잠시 빌리는 것뿐, 현실 속 풍경을 모티브로 상상력을 더한 것이
  다. 차경은 현실과 가상의 모호한 경계를 넘는다. 모든 삶의 구속
  에서 탈피하는 정점이고, 자신의 사유가 극대화된 곳이다. (〈차경
  借景〉 중에서)

  사물을 명명命名하는 일, 즉 사물에 관심을 두고 마음을 주는

일은 사물을 세계에 존재케 하는 일이다. 김춘수 시인의 시구, '내가 그의 이름을 불러주기 전에는 / 그는 다만 / 하나의 몸짓에 지나지 않았다. // 내가 그의 이름을 불러주었을 때 / 그는 내게로 와서 / 꽃이 되었다.'를 다시 소환하지 않아도, 사물의 이름을 부르는 일은 사물을 나의 세계에 존재케 하는 일이다. 그러나 사물의 이름을 불렀다고 해서 글이 되는 것은 아니다. 글을 쓰기 위해서는 사물의 객관적인 의미를 이해하고, 더 나아가 작가 자신만의 주관적인 의미를 부여할 수 있어야 한다.

'춘풍풍인春風風人, 봄 춘, 바람 풍, 사람인, 봄바람을 다른 사람에게 불어준다'는 객관적인 의미이고, '주변사람에게 봄바람처럼 덕을 베풀어야 한다'는 주관적인 의미이다. '골동반骨董飯은 비빔밥의 한자어다.'는 객관적인 의미이고, 골동반의 유래에 대해 기술한 '한 해의 남은 음식을 다음 해로 넘기지 않게 하려고 섣달그믐날 저녁에 남은 음식을 모두 모아 비벼 먹은 것에서 유래'되었다는 기술은 주관적인 영역에 해당한다.

사물의 객관적인 의미는 사물의 존재를 밝히는 데에서 그치지만 사물의 주관적인 의미는 사물을 나의 삶에, 세계에 일정한 의미로 작용하게 하여 새로운 깨달음과 관계, 이야기를 만들어 낸다. 따라서 글쓰기는 사물의 객관적인 의미를 바탕으로 그 객관적인 의미의 울타리를 벗어나는 주관적인 의미를 부여하는 데에서 시작하며, 그 '주관적인 의미 부여'는 삶의 이치를 깨닫는 단초를 제공하며 동시에 새롭고 창의적인 세계에 진입하는 열쇠이기도 하다.

'자존自尊은 나를 소중히 여기는 것이다.'는 객관적인 의미이며, '자존감은 자신의 인생의 동반자이다. 자존을 찾으면 본질을 찾게 된다.'는 작가의 주관적인 의미 부여로 자존의 객관적인 의미를 바탕으로 삶의 이치를 깨닫는 행위이며, '자존을 찾으면 본질을 찾게 된다.'는 평범하면서도 창의적인 진리에 도달하게 한다. 그리고 이 주관적인 의미 부여는 글의 핵심적인 주제나 내용으로 작용한다.

'무심無心, 정산종사는 마음의 수양의 단계를 집심, 관심, 무심이라 했다. 무심이란 감정도 의식도, 아무 생각도 없는 무의 상태이다.'는 무심의 객관적인 정의이지만, '무심은 모든 마음의 작용이 소멸된 시간 위에, 온갖 그릇된 생각의 망념을 떠난 마음의 상태이다. 진심만이 무심이다. 무심코 만난 사람이 더 반갑고, 무심코 꺼낸 이야기가 큰 희망이 되는 것은 진심만이 무심이기 때문이다.'는 작가의 경험과 사유, 삶을 관통하는 이치에 대한 눈뜸의 결과이다. 그리고 이것은 작가의 주관적 세계 안에서 작동하는 작가만의 의미 부여이다.

'차경은 빌려온 풍경이다.'는 객관적인 정의지만, '차경은 소유권이 없다. 자연의 경치를 잠시 빌리는 것뿐, 현실 속 풍경을 모티브로 상상력을 더한 것이다. 차경은 현실과 가상의 모호한 경계를 넘는다. 모든 삶의 구속에서 탈피하는 정점이고, 자신의 사유가 극대화된 곳이다.'는 차경에 대한 주관적의 정의이다. 차경에 대한 객관적인 정의는 존재를 밝히는 역할은 하지만 글이 되지는 못한다. 차경이 글이 되기 위해서는 '차경은 소유권이 없다. 자연의 경치를 잠시 빌리는 것뿐, 현실 속 풍경을 모티브로 상상력을 더한 것이다. 차경은 현실과 가상의 모호한 경계를 넘는다.'는 주관적인 정의, 의미 부여가 필요하고 그 글이 삶을 관통하는 사유와 이치가 되기 위해서는 '모든 삶의 구속에서 탈피하는 정점이고, 자신의 사유가 극대화된 곳'이라는 통찰과 깨달음이 필요하다.

강미란의 글은 사물을 명명命名하여 존재를 밝히고, 사물의 객관적 의미를 정의함으로써 사물의 기본적인 속성을 드러내고, 사유와 통찰을 통해 사물의 주관적 의미를 확보하여, 사물을 통해 삶의 이치를 성찰하는, 글쓰기 과정을 올곧게 보여 주고 있다. 이러한 글쓰기 과정을 올곧게 걷다보면 물아일체物我一體의 경지를 넘어 사물이 인간이 되고 사물이 내가 되는 초월적 자기 세계를 구축하게 된다.

초월적 자기 세계 나를 말하면서 모든 사물과 우주의 법칙을 이야기하게 되고, 나를 통해서 세계를 바라보게 되는데, 이때 나는 세계를 감싸 안고 있는 초월적인 나이다. 강미란의 글은 초월적 자기 세계를 보여 준다.

세계도자센터 전시장에는 손으로 만들어 낸 다양한 창조물이 가득하다… 작가는 흙으로 작품을 빚기 전에 먼저 눈으로 보고 손으로 준비한다. 분명 손이 기억한 것이다… 작품을 감상하며 처음엔 단순한 조형물로만 인식했다. 전시장을 둘러보며 손은 상상력을 현실화시키는 도구가 아니냐는 생각에 이르렀다. 머리만 기억하는 것이 아니다. 손도 기억할 수 있다는 생각의 전환이 더욱더 나를 작품 속으로 빨려들게 했다… 손이 기억하는 세계는 대부분 무의식의 영역이다. 무심코 행하는 행위 너머에는 의식을 통해 만들어진 무의식의 세계가 존재한다. (〈기억하는 손〉 중에서)

세계도자센터 전시장에서 도자기[사물]을 관람하다가 도자기를 만드는 것은 손[나]이라는 발상의 전환을 이룬다. 발상의 전환은 손[나]의 진정한 가치를 발견한다. 강미란에 의해 손은 신체 일부라는 물질적 가치를 넘어 '상상력을 현실화하는'·'기억하는' 정신적, 초월적 가치를 지니게 되고 정신적, 초월적 가치를 깨닫는 순간 '나를 작품 속으로 빨려들게' 한다. '빨려들어 간' 초월적 자기 세계에서는 도자기[사물]이 손[신체적·정신적도구로서의 나]이 되고, 손이 나[전체로서의 나]가 되고, 빨려들어 간 나[전체로서의 나]는 도자기[사물]의 세계가 된다.

이렇듯 초월적 자기 세계에서는 사물과 나가 각각의 존재 가치를 지니면서도 융합의 에너지로 하나가 되어 사물과 나의 구분이 불필요해지며, 사물과 나의 융합은 새로운 정신세계, 새로운 경지의 초월적 세계를 경험하게 한다. 이들을 가능하게 하는 것이 글쓰기이고, 강미란의 글쓰기는 이곳에 닿아있다.

초월적 자기 세계에서는, 글쓰기 세계에서는 사물이 나가 되기도 하고 나가 사물이 되기도 하며 사물이 나의 일부가 되기도 하고 나가 사물의 일부가 되기도 한다. 글쓰기의 세계에서는 사물이 나의 피조물이 되기도 하고 나가 사물의 피조물이 되기도 하며 사물의 속성이 나의 속성이 되기도 하고 나의 속성이 사물의 속성이 되기도 한다.

그곳에 나를 담은 그릇 하나를 놓는다. 그릇마다 나름의 역할과 기능이 있다. 나를 담는 그릇에 무엇을 담고 어떻게 담느냐에 따라 삶이 달라진다. 오늘 메뉴는 어떤 그릇이 어울릴까, 어떻게 담아낼까 고민하는 것도 식탁에 마주 앉을 사람들을 위한 배려이다. 그날의 날씨, 기분, 메뉴, 함께 하는 이들에게 어울리는 그릇에 담는 정성은 식탁에 앉은 이들을 행복하게 한다.

　나를 담은 그릇 한편을 비운다. 그 공간에 타인의 생각을 담고 세상 흐름의 변화를 담아 둔다. 나를 담는 그릇은 내 삶의 식탁을 더욱 풍성하게 하리라. (〈나를 담는 그릇〉 중에서)

글쓰기의 세계에서는 나를 그릇에 담는 일이 가능하다. 현실 세계에서는 나를 나보다 작은 사물에 담는 일은 불가능하지만 글쓰기 세계에서는 가능한 일이며 그것은 나의 삶과 관련을 맺는다. 그리고 나를 담은 그릇에 우주의 모든 것, '타인의 생각'과 '세상 흐름의 변화'까지도 담을 수 있고 종국에는 우주의 모든 것들이 나와 내 삶을 만들고 풍요롭게 하는 기재가 된다. 아니, 우주의 모든 것들을 내 삶에 담을 수 있고 그것들이 나와 내 삶을 만들고 풍요롭게 한다는 깨달음을 가능하게 하는 것이 글쓰기이다.

　이러한 경지에 도달하면 '나'는 무수한 나를 담게 된다. 사물의 세계와 나의 세계가 경계 없이 하나가 되면, 사물과 나가 구분이 필요 없이 상존의 관계로 일체가 되면 모든 사물의 세계들이 내 안에 들어가 또 다른 나를 만들어 낸다. 그래서 '내 속엔 내가 너무도 많아'의 나가 된다.

　거울 앞에 선 나는 가끔 낯선 얼굴을 만난다. 때때로 헤어스타일과 옷차림의 외향적인 면만이 아니라, 생각도 판이하게 달라져 있는 나를 만난다. 같은 시간, 같은 공간, 같은 옷차림을 하고도 왜 다른 모습으로 보이는 것일까. '나 아닌 또 다른 나'가 '본연의 나'와 함께 존재하기 때문이 아닐까 싶다. (〈변신〉 중에서)

우리는 문득문득 나와는 전혀 다른 나를 만나고, 나와는 전혀 다른 나이고 싶어 하는 나를 만난다. 아침에 출근을 준비하다가도 문득, 출근길에 문득, 차 한 잔 마시면서 문득, 고개를 들어 하늘을 보다가 문득 나 안의 또 다른 나를 만난다. 또 다른 나이고 싶어 하는 나를 만난다. 외로움을 느낄 때 문득, 슬픔과 분노를 느낄 때 문득, 좌절 속에서 작아지는 나를 느낄 때 문득, 생활의 갑갑함을 느낄 때 문득, 문득문득 또 다른 나를 만난다. 또 다른 나이고 싶어 하는 나를 만난다.

하지만 우리는 나 안의 나를 애써 무시하거나 회피한다. 비과학적이라거나 비이성적이라는 분류표를 달아 나 안의 나를, 또 다른 나이고 싶은 나를 억제하고 억압한다. 그래서 우리는 진정한 나를 만나지 못하고 현실에 갇힌 나로만 산다. 러시아 인형 마트료시카처럼 내 안의 무수한 나를 꼭꼭 숨겨 놓고 좁고 어두운 골방에 갇혀 끙끙 앓면서 살고 있다. 내 안의 무수한 나를 인정하고, 또 다른 나와 대화하고, 무수한 나들이 자유롭게 말하고 활동할 수 있게 하여야 하는데, 그래서 무수한 나들이 각각 제 목소리를 가지고 자유로울 때 진정한 나를 만날 수 있는데, 우리는 봉인된 마트료시카 인형처럼 남들에게 보이는 나 하나로 살아가고 있다.

글쓰기는 나 안의 무수한 나들을 만나고, 이야기하고, 노래하고, 어루만져 주는 일이다. 글쓰기는 나와는 전혀 다른 나를 만나는 일이고, 전혀 다른 나에 대해서 또는 전혀 다른 나가 자유롭게 이야기하고 노래하게 하는 일이다. 따라서 좋은 글을 쓰기 위해서는 우선, 마트료시카 인형을 열어서 그 안에 들어 있는 무수한 나들을 꺼내 놓아야 할 일이다.

'복딩이'가 사는 보물창고 덕분이다. 그곳에서 갖가지 소품을 어린 시절 보물 찾듯이 찾아낸다. 싫증 나는 옷에 천을 덧붙이거나 잘라내고 구제 옷에서 떼어 낸 단추나 장식, 레이스 등을 응용해 새로운 옷을 탄생시킨다. 내게 '복딩이'는 새 옷에 구제를 더하여 나만의 개성을 연출 할 수 있는 노다지를 찾는 재미난 놀이터이다… 나의 사회적 페르소나는 '복딩이'에서 무장해제 된다. (〈복딩이〉 중에서)

강미란은 마트료시카 인형을 열어 그 안에 든 무수한 인형들,

나 안의 무수한 나들을 꺼내놓는 비법을 알고 있다. 그 비법은 남들에게 그럴듯하게 보이기 위해 쓴 가면(페르소나)을 벗을 줄 알기 때문이다. '싫증' 나는 가면을 벗으면 나만의 개성을 연출할 수 있는 '노다지', 즉 진정한 나를 발견할 수 있고 그게 가능하다면 내 삶은 '재미난 놀이터'가 된다.

나 안의 무수한 나를 인정하라. 나 안의 나가 나와는 전혀 다른 나일지라도 그것 또한 진정한 나임을 받아들이고 전혀 다른 나와 이야기하고, 때로는 어루만져 주고, 때로는 함께 노래하라. 그러면 나의 삶은 재미난 놀이터가 될 것이고, 글쓰기는 재미난 놀이가 될 것이다.

강미란이 가면(페르소나)을 벗고 나 안의 다양한 나를 만날 수 있는 이유는 사물을 고정된 한 방향에서만 바라보지 않고 다양한 방향에서 바라볼 수 있기 때문이다. 사실, 사물은 다면체이다. 다시 말하면 사물은 3차원의 세계에서 존재한다. 그래서 앞면만 가지고 있는 것이 아니라, 옆면·뒷면·밑면을 모두 가지고 있다. 하지만 우리는 사물의 한 면(주로 앞면)만 보고 그 사물을 규정 짓고 만다. 그래서 우리는 사물에 대한 고정관념을 갖게 되고 사물에 대한 고정관념은 나와 삶에 대한 고정관념으로 고착되고 만다. 그 결과 우리는 봉인된 마트료시카 인형처럼 사는 것이다.

진정한 나로 살기를 원한다면, 진정한 글쓰기를 하고 싶다면 먼저 다양한 각도에서 사물을 보는 훈련을 하여야 한다. 사물의 앞면만이 아니라 뒷면·윗면·밑면도 볼 줄 알아야 하고 정면만이 아니라 다양한 각도에서 비스듬히 볼 줄 알아야 한다. 그리고 사물을 보는 태도도 바꿔볼 일이다. 똑바로 앉거나 서서 보는 태도만 고집할 것이 아니라, 누워서도 보고 거꾸로 물구나무서서 보기도 하고 거울에 비춰볼 줄도 알아야 한다. 휴대폰 사진으로 찍어서 두 손가락으로 펼쳐 확대해서 볼 줄도 알아야 한다.

어릴 때 말뚝박기 놀이를 즐겼다. 친구들이 뛰어와 등이 휘어질 정도로 올라타는 잠깐 사이에 허리를 잔뜩 구부린 가랑이 사이로 보였던 풍경이 신기하기만 했다. 하늘과 땅의 위치가 뒤바뀌어 있었고, 늘 보던 친구의 얼굴도 다리의 위치와 바뀌어 보였던 재미난 놀이였다. 어린 시절엔 세상을 보이는 그대로 바라보았다. 눈에 익은 풍경이 위치에 따라서 달라 보여도 그저 거꾸로 보이는 세상이 재미있기만 했다. (〈가장 아름답게 보이는 위치〉 중에서)

우리 모두, 어렸을 적에는 사물을 다방면에서 다양한 각도와 태도로 바라볼 줄 알았다. 그래서 재미있는 놀이기구가 없어도 삶이 재미있는 놀이터가 되었다. 말뚝박기 놀이를 하면서 구부린 가랑이 사이로 보는 세상은 재미있고 신기한 풍경이었다. 위치가 바뀐 하늘과 땅도, 얼굴과 다리의 위치가 바뀐 친구도 마냥 재미있고 신기한 풍경이었다. 이렇게 사물을 다방면에서, 다양한 각도와 태도로 바라볼 수 있었던 것은 어린 우리들이 의도한 것이 아니었다. 어린 우리들은 세상을 있는 그대로 바라볼 줄 아는 순수함을 가지고 있었기에 가능했다.

하지만, 슬프게도, 우리는 어른이 되면서 단단한 가면(페르소나) 하나를 쓰게 되었다. 시간과 장소, 만나는 사람에 따라, 가면 하나를 적당히 움직이면서 살아가게 되었다. 그러면서 사물과 사람, 삶에 대해 하나의 고착 개념을 갖게 되어 '라면 반드시 _해야 한다'든지 '_일 때는 당연히 _해야지'와 같은 고정된 사고와 사유에 갇히고 말았다. 그래서 삶은 재미없어지고 글쓰기는 먼 나라의 이야기가 되었다. 재미없는 삶은 글쓰기를 허용하지 않았다.

강미란은 사물을 다양한 각도와 태도로 볼 줄 안다. 거꾸로 본 세상도 내가 사는 세상이며, 거꾸로 보고 있는 나도 바로 보고 있는 나와 다른 나가 아니라 동일한 나임을 터득하고 있다. 거꾸로 본 사물도, 거꾸로 보고 있는 나도 나 안에서 진정한 나로 거듭 태어난다.

모든 사물은 가장 아름답게 보이는 위치와 각도가 있다. 사람이나 사물이나 어떻게 보느냐에 따라 대상에 대한 평가는 달라진다. 바라보는 위치에 따라 의미도 다르고, 가치도, 중요함도 달라진다. 우리는 자신이 보고 싶은 방향으로만 바라본다. 조금만 다른 시각으로 바라보면 더 높은 가치와 의미를 발견할 수 있다. 우리가 바라보는 시선은 이쪽과 저쪽 모두여야 한다. 좋다가도 싫어지고 싫다가도 좋아지고, 밉다가도 곱고, 곱다가도 미워지는 것이 사람의 마음이다. 그러니 마음의 위치도 잘 살펴야 한다. (〈가장 아름답게 보이는 위치〉 중에서)

사물을 다양한 위치와 각도에서 바라볼 줄 알게 되면 사물이 가장 아름답게 볼 수 있는 위치와 각도가 있다는 사실도 알게 된다. 위치와 각도에 따라 사물의 의미도, 가치도, 중요함도 달라진다는 통찰력이 생기면 마음의 위치와 각도도 살필 수 있는 능력이 생긴다. 그때 우리의 글쓰기는 글쓰기를 넘어 글쓰기를 이룰 수 있다.

창가 블라인드 사이로 풍경이 새어 나온다. 마치 대나무 숲 너머 보이는 보일 듯 말 듯한 경관과 흡사하다. 옛 선비들에게 대나무 숲은 사색의 공간이다. 주변의 경관을 차단하고 생각도 차단하여 오로지 내가 데려오고 싶은 경치만 빌려 오는 곳이다. 나도 블라인드 틈 사이로 풍경을 데려온다. (〈차경(借景)〉 중에서)

글쓰기를 넘어서는 글쓰기에 경지에 오르면, 사물과 나의 사유까지도 필요한 때에 필요한 부분만 불러낼 수 있는 능력이 생긴다. 필요한 때에 필요한 부분만 불러내는 능력은 사물과 나의 사유 어느 부분을 불러낸다는 것이 아니라, 필요한 때에 필요한 부분만으로도 늘상의 모습과 전체를 함축하고 함유하여 불러낼 줄 아는 능력이 생긴다는 것을 의미한다. 하여, 찰나의 순간으로 영원을 이야기할 줄 알게 되고 미세한 부분으로 전체를 표현할 수 있는 능력을 갖추게 된다.

강미란의 글쓰기는 글쓰기를 넘어서는 글쓰기가 가능하다는 것을 오롯이 보여 주고 있다. 그래서 나 안의 수많은 나의 틈새들을 불러내는 삶과 글쓰기를 이룬다. 이러한 글쓰기는 진정한 사물과 세계, 진정한 나를 만나는 일이며 그들과 재미있고 창조적인 삶에 도달하는 길이 되는 것이다. 우리는 이 길을 통해 거듭하는 삶과 글쓰기를 영위할 수 있게 된다.

글쓰기를 넘어서는 글쓰기를 위해….

강미란 수필집

찬성